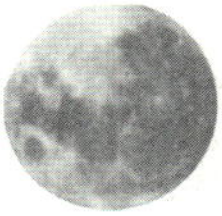

Como e Por que Ler os Clássicos Universais desde Cedo

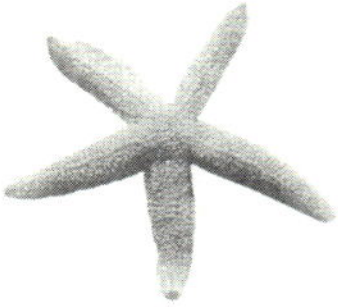

OBJETIVA

Ana Maria Machado

Como e Por que Ler os Clássicos Universais desde Cedo

OBJETIVA

Todos os direitos desta edição reservados à
EDITORA OBJETIVA LTDA., rua Cosme Velho, 103
Rio de Janeiro – RJ – CEP 22241-090
Tel.: (21) 2199-7824 – Fax: (21) 2199-7825
www.objetiva.com.br

Coordenação editorial
Isa Pessôa

Capa
Glenda Rubinstein

Revisão
Luana Gonçalves
Tamara Sender

Editoração eletrônica
FUTURA

PRISA EDIÇÕES

M149c

Machado, Ana Maria
Como e por que ler os clássicos universais desde cedo / Ana Maria Machado.
- Rio de Janeiro : Objetiva, 2009

143p. ISBN 85-7302-449-6

1. Literatura infantojuvenil - I. Título.

CDD 028.5

Sumário

CAPÍTULO 1

Clássicos, crianças e jovens

Pegar um livro e abri-lo guarda a possibilidade do fato estético. O que são as palavras dormindo num livro? O que são esses símbolos mortos? Nada, absolutamente. O que é um livro se não o abrimos? Simplesmente um cubo de papel e couro, com folhas; mas se o lemos acontece algo especial, creio que muda a cada vez.

Jorge Luís Borges

Não sei direito com que idade eu estava, mas era bem pequena. Mal tinha altura bastante para poder apoiar o queixo em cima da escrivaninha de meu pai. Diante dele sentado escrevendo, eu vinha pelo outro lado, levantava os braços até a altura dos ombros, pousava as mãos uma por cima da outra no tampo da mesa, erguia de leve o pescoço e apoiava a cabeça sobre elas. A ideia era ficar embevecida, contemplando de frente o trabalho paterno. Bem apaixonadinha por ele, como já explicava Freud, mas eu só descobriria anos depois.

Só que no meio do caminho tinha outra coisa. Bem diante dos meus olhos, na beirada da mesa. Uma pequena escultura de bronze, esverdeada e pesada, numa base de pedra preta e lustrosa. Dois cavalos. Mais exatamente, um cavalo esquelético seguido por um burrico roliço. Montado no primeiro, e ainda mais magrelo, um tristonho cavaleiro de barbicha segurava uma lança numa mão e um escudo na outra. Escarrapachado no jumento, um gorducho risonho, de braço estendido para o alto, erguia o chapéu como quem dá vivas.

Um dia perguntei quem eram.

— O da frente se chama Dom Quixote. O outro, Sancho Pança.

— Quem são eles?

— Ih, é uma história comprida... Um dia eu conto.

Em seguida, eu quis saber onde eles moravam. Se era ali perto de casa, em Santa Teresa, no centro do Rio. Ou em Petrópolis, onde moravam meus avós e a gente às vezes passava uns dias, depois de uma viagem de trem. Ou mais longe ainda, em Vitória, onde viviam os outros avós. Eram essas as referências de minha geografia infantil – só aos seis anos esse mundo se alargaria, quando nos mudamos para a Argentina.

— É na Espanha, muito longe daqui — disse meu pai.

Fez uma pausa e completou:

— Mas também moram aqui pertinho, quer ver? Dentro de um livro.

Levantou-se, foi até a estante, pegou um livro grandalhão, sentou-se numa poltrona e me mostrou. Lá estavam várias figuras dos dois, em preto-e-branco.

— Outra hora eu conto, agora vá brincar...

Saí de perto, porque ele tinha de trabalhar. Mas eu sabia que depois ia ter história. E isso já me deixava feliz.

Não recordo bem o que pensei. Posso ter me distraído com outras coisas. Posso ter lembrado da cantiga de roda que dizia: "Fui na Espanha/ Buscar o meu chapéu/ Azul e branco/ Da cor daquele céu..." Afinal, era para lá que eu iria quando chegasse a hora de ouvir a história prometida. A verdade é que não faço a menor ideia. Não sei, há coisas que a memória da gente não guarda. Mas nunca vou esquecer as aventuras de Dom Quixote que meu pai foi me contando aos poucos, com suas próprias palavras, enquanto me mostrava as ilustrações.

Só algum tempo depois eu as reconheceria como bicos-de-pena de Gustavo Doré, ao ler aquelas aventuras por conta própria em outra edição — o *Dom Quixote das Crianças*, na adaptação de Monteiro Lobato. Lembro dos moinhos de vento, dos rebanhos de carneiros, de Sancho sendo jogado para o alto a partir de uma manta estendida como cama elástica, das surras que o pobre cavaleiro levava, de sua prisão numa jaula transportada por uma carroça... Mas lembro, sobretudo e para sempre, de como eu torcia por aquele herói que queria consertar todos os erros do mundo, ajudar todos os sofredores, defender todos os oprimidos. Em seu esforço para lutar pela justiça e garantir a liberdade, o fidalgo não hesitava em enfrentar os mais tremendos monstros, os mais pérfidos feiticeiros e os mais poderosos encantamentos. Nunca desanimava, mesmo tomando cada surra terrível, quando esses perigos ameaçadores se revelavam apenas alguma coisa comum, dessas que a gente encontra a toda hora no mundo. E então as pessoas achavam que Dom Quixote era maluco, riam dele...

Eu não ria. Metade de mim queria avisar ao cavaleiro: "Fique quieto no seu canto, não vá lá, não, porque não é nada disso que você está pensando..." A outra metade queria ser igual a ele. Até hoje.

* * *

Engraçado como todas essas lembranças infantis ficam tão nítidas e duráveis. Talvez porque nas crianças a memória ainda está tão virgem e disponível que as impressões deixadas nela ficam marcadas de forma muito funda. Talvez porque sejam muito carregadas de emoção.

Vários adultos dão testemunho dessa permanência.

O poeta Carlos Drummond de Andrade fez mais de um poema relembrando seu deslumbramento ao descobrir outro clássico em cuja leitura mergulhava, o *Robinson Crusoé*. A romancista Clarice Lispector escreveu sobre a intensa felicidade que lhe proporcionou a leitura de *Reinações de Narizinho*, um clássico brasileiro. O poeta Paulo Mendes Campos celebrou *Alice no País das Maravilhas*, do inglês Lewis Carroll, como uma das chaves que abrem as portas da realidade. O crítico francês Roland Barthes descobriu nas leituras adolescentes da mitologia grega um fascínio pelos argonautas e seu navio Argos, que o acompanhou por toda a vida — e esse mesmo mito do Velocino de Ouro exerceu seu magnetismo sobre o inglês William Morris e o argentino Jorge Luís Borges. Este, aliás, se confessou em débito com obras muitas vezes consideradas infanto-juvenis como

Narrativa de Arthur Gordon Pym, de Edgar Allan Poe, *O Médico e o Monstro*, de Robert Louis Stevenson, e *Moby Dick*, de Herman Melville. O crítico inglês George Steiner confessa que desde a infância tinha as histórias do Antigo Testamento como "uma voz tutelar". O romancista norte-americano Ernest Hemingway nunca escondeu sua admiração incondicional pelo clássico juvenil *As Aventuras de Huck (Huckleberry Finn)*, de Mark Twain, que leu na adolescência. O jurista Evandro Lins e Silva se revela eternamente marcado pelos contos de fadas que sua mãe lhe contava e pelo que ela conversava com ele a respeito dos livros que lia. O romancista José Lins do Rego foi tão influenciado pelas histórias tradicionais ouvidas de uma ex-escrava, no engenho, que, ao se tornar escritor, marcou a literatura brasileira com os traços da oralidade. O autor italiano Umberto Eco revela seu encantamento com as nuances narrativas da abertura de *Pinóquio*, que desde criança fazem o pequeno leitor se perguntar: "Mas esse cara aí está falando assim diretamente só comigo ou com todo mundo?".

Em todos esses casos, o que me interessa destacar não é a variedade de leitura dos clássicos feita por gente famosa. Prefiro chamar a atenção para o fato de que esses diferentes livros foram lidos cedo, na infância ou adolescência, e passaram a fazer parte indissociável da bagagem cultural e afetiva que seu leitor incorporou pela vida afora, ajudando-o a ser quem foi.

É claro que hoje em dia o ensino é diferente e o mundo é outro. Não se concebe que as crianças sejam postas a estudar latim e grego, ou a ler pesadas versões completas e originais de livros antigos — como já foi de praxe em várias famílias de algumas sociedades há um século. Apenas não precisamos cair no extremo oposto. Ou seja, o de achar que qualquer leitura de clássico pelos jovens perdeu o sentido e, portanto, deve ser abandonada nestes tempos de primazia da imagem e domínio das diferentes telas sobre a palavra impressa em papel.

De início, vale a pena delimitar um pouco a área a que estamos nos referindo ao falarmos em clássicos. De minha parte, para os efeitos desta nossa conversa, tenho que começar por duas observações básicas.

* * *

A primeira é que, praticamente, me reduzo às narrativas. Não estou propondo nem sugerindo que crianças e jovens se ponham a ler filosofia, tragédias teatrais em sua forma original, poesia metafísica. Nessas áreas e em várias outras, há obras maravilhosas, imprescindíveis, enriquecedoras do espírito humano. Mas não estão ao alcance da compreensão imatura da garotada. O que interessa mesmo a esses jovens leitores que se aproximam da grande tradição literária é ficar conhecendo as histórias empolgantes de que somos feitos.

A segunda ressalva é uma extensão dessa. Também não é necessário que essa primeira leitura seja um mergulho nos textos originais. Talvez seja até desejável que não o seja, dependendo da idade e da maturidade do leitor. Mas creio que o que se deve procurar propiciar é a oportunidade de um primeiro encontro. Na esperança de que possa ser sedutor, atraente, tentador. E que possa redundar na construção de uma lembrança (mesmo vaga) que fique por toda a vida. Mais ainda: na torcida para que, dessa forma, possa equivaler a um convite para a posterior exploração de um território muito rico, já então na fase das leituras por conta própria.

De qualquer modo, se ou quando, eventualmente, um pequeno leitor de excepcional precocidade se sentir atraído por uma versão original ou difícil e resolver visitá-la, não faz mal algum. Mesmo compreendendo apenas o pouco que conseguir alcançar dessa leitura. Não é preciso proibir a ninguém essa exploração de um território cheio de desafios e obstáculos. Apenas não se espera que ela faça parte do cardápio a lhe ser oferecido e sugerido.

Quase como consequência dessas observações, convém ainda acentuar que a infância é uma fase extremamente lúdica da vida e que, nesse momento da existência humana, a gente faz a festa é com uma boa história bem contada. Não com sutilezas estilísticas, jogos literários ou modelos castiços do uso da língua — que poderão, mais tarde, fazer as delícias de um leitor maduro.

Então, que fique bem claro: por este livro afora, quando falo em leitura dos clássicos por crianças e jovens não estou me referindo a um contato forçado com Machado de Assis, Raul Pompéia ou José de Alencar para efeito de fazer uma prova, nem estou propondo que Eça de Queirós ou Luís de Camões sejam postos em mãos infantis ou adolescentes para posterior cobrança valendo nota.

Se o leitor travar conhecimento com um bom número de narrativas clássicas desde pequeno, esses eventuais encontros com nossos mestres da língua portuguesa terão boas probabilidades de vir a acontecer quase naturalmente depois, no final da adolescência. E podem ser grandemente ajudados na escola, por um bom professor que traga para sua classe trechos escolhidos de algumas de suas leituras clássicas preferidas, das quais seja capaz de falar com entusiasmo e paixão.

Faço questão de me deter nesse aspecto porque, em inúmeras palestras que tenho feito sobre esse assunto para plateias diversas por este Brasil adentro, me vejo obrigada a esclarecer esse ponto assim que se iniciam os debates. É muito comum que surja a intervenção de algum adulto combatendo qualquer recomendação para que se facilite o contato entre a criança e os clássicos. Em geral, esse interlocutor defende seu ponto de vista recorrendo ao argumento distorcido de sua experiência pessoal (ou do exemplo de seus alunos). Com frequência, afirma veemente que detesta ler livro antigo porque foi obrigado a ler Machado de Assis ou Raul Pompéia para o vestibular.

Na verdade, esse tipo de atitude já foi criticado por gente muito mais importante e merecedora do que eu, autores que apesar de todo seu polêmico poder de ruptura e renovação (ou exatamente por causa dele) também acabaram virando clássicos. Podem hoje ser objeto do mesmo tipo de comentários que fizeram sobre seus antecessores. Monteiro Lobato, por exemplo, dizia que obrigar alguém a ler um livro, mesmo que seja pelas melhores razões do mundo, só serve para vacinar o sujeito para sempre contra a leitura. E Oscar Wilde certa vez comentou que os acadêmicos e aqueles que se acham donos da literatura muitas vezes empregam os clássicos como o guarda usa seu cassetete — para dar com eles na cabeça dos outros, principalmente dos inovadores que querem sair da linha e se afastar do que se presume ser a legalidade literária.

Então, como não é nada disso no nosso caso, é bom que fique claro. Para começo de conversa e limpeza do terreno onde vamos nos movimentar, não custa nada lembrar algumas coisinhas fundamentais. Desculpem se parecem evidentes demais para alguns.

1. Ninguém tem que ser obrigado a ler nada. Ler é um direito de cada cidadão, não é um dever. É alimento do espírito. Igualzinho a comida. Todo mundo precisa, todo mundo deve ter a sua disposição — de boa qualidade, variada, em quantidades que saciem a fome. Mas é um absurdo impingir um prato cheio pela goela abaixo de qualquer pessoa. Mesmo que se ache que o que enche aquele prato é a iguaria mais deliciosa do mundo.

2. Clássico não é livro antigo e fora de moda. É livro eterno que não sai de moda.

3. Tentar criar gosto pela leitura, nos outros, por meio de um sistema de forçar a ler só para fazer prova? É uma maneira infalível de inocular o horror a livro em qualquer um.

4. O primeiro contato com um clássico, na infância e adolescência, não precisa ser com o original. O ideal mesmo é uma adaptação bem-feita e atraente.

Entendido isso, há muitas e variadas razões para que esse contato se faça. Vale a pena examinar algumas delas mais de perto.

CAPÍTULO 2

ETERNOS E SEMPRE NOVOS

Imaginemos uma situação. Há muitos e muitos anos. Alguém chega a uma terra estranha e inexplorada. Trata de se situar, ver onde há água, de onde vem o vento, que animais e plantas existem nas redondezas. Após algumas tentativas fracassadas, conclui que certo ponto é o local mais adequado para providenciar um abrigo. Trata de construí-lo e torná-lo o mais confortável possível. Depois encontra alguns vizinhos distantes, com outras vivências diferentes. Trocam experiências, fazem amizade, incorporam mutuamente as descobertas um do outro. Em mais algum tempo, constitui-se um novo núcleo familiar. A casa cresce, ganha uma plantação, um cercadinho para os animais. Faz-se uma estradinha e uma ponte para facilitar o convívio com os amigos. Novas e crescentes conquistas e aquisições. E assim por diante. Por várias gerações.

Alguns descendentes podem resolver explorar outros lugares. Mas levam a memória da casa, da plantação, das comidas, da ponte. Levam as ferramentas inventadas, os utensílios desenvolvidos, as lembranças acumuladas. E tudo se torna muito mais simples para eles graças a isso. Sua trajetória não parte do zero, mas de vitórias e realizações anteriores.

Se um desses descendentes sofrer de uma forma de amnésia total, não conseguirá aproveitar nada do que seus ancestrais fizeram. Ele não terá a memória das outras experiências. Vai ter que começar do nada. Chegando a uma terra estranha e inexplorada, pode nem ao menos tratar de se situar, ver onde há água, de onde vem o vento, que animais e plantas existem nas redondezas... Talvez procure um abrigo na areia onde a cheia do rio o carregue ou onde as feras vêm beber água. Não aprendeu com quem viveu antes. Não tem uma experiência anterior que lhe informe nada. Não sabe pescar nem cozinhar, não maneja uma ferramenta, desconhece armas e utensílios. Pior ainda, pode estar em frente à casa que herdou e não saber para que serve aquilo. Pode ouvir o chamado de seus vizinhos e não entender o que lhe dizem.

Reduzido ao instinto, o pobre desmemoriado terá sua própria sobrevivência ameaçada. Um caso de trágico desperdício.

Ou então, pode-se imaginar alguém que deseja muito melhorar de vida e tem na sala uma arca cheia de tesouros que os avós e os pais lhe deixaram. Mata-se de trabalhar, mas nunca supôs que aquele baú fosse mais do que uma caixa vazia. Jamais teve o impulso de arrombá-lo ou a curiosidade de procurar uma chave que o abrisse. Todo aquele patrimônio, ali pertinho, ao seu alcance, não lhe serve para nada. Um monumento à inutilidade.

De alguma forma, toda a humanidade passa por riscos semelhantes. Temos de herança o imenso patrimônio da leitura de obras valiosíssimas que vêm se acumulando pelos séculos afora. Mas muitas vezes nem desconfiamos disso e nem nos interessamos pela possibilidade de abri-las, ao menos para ver o que há lá dentro. É uma pena e um desperdício.

Talvez essa seja a primeira razão pela qual eu sempre quis explorar tudo o que eu pudesse nessa arca e, mais tarde, aproximar meus filhos dos clássicos. Porque eu sei que é um legado riquíssimo, que se trata de um tesouro inestimável que nós herdamos e ao qual temos direito. Seria uma estupidez e um absurdo não exigir nossa parte ou simplesmente abrir mão da parte que nos pertence e deixar que os outros se apoderem de tudo sem dividir conosco.

Ah, sim, porque esse risco também sempre esteve presente na história da humanidade. Tradicionalmente, a leitura devia ser para poucos porque ela é sempre um elemento de poder e podia ameaçar as minorias que controlavam os livros (e o conhecimento, o saber, a informação). Esses ideais de alfabetização para todos e acesso amplo aos livros são muito recentes na História. Mas como estão aí, e não há mais jeito para conseguir manter a massa na ignorância total, até parece que surgiu outra tática de propósito: distrair a maioria da população com outras coisas, para que ela nem perceba que tem uma arca cheia de um rico tesouro bem à sua disposição, pertinho, ali no canto da sala. Muito melhor fazer todo mundo correr atrás de coisas para comprar, mais, mais, sempre mais, num consumo incessante e sempre estimulado a continuar — em vez de nos dar tempo para ler, refletir e pensar em possibilidades diferentes de vida, por meio da experiência de viver simbolicamente uma infinidade de vidas alternativas junto com os personagens de ficção e, dessa forma, ter elementos de comparação mais variados.

Assim, à minha reivindicação de ler literatura (o que, evidentemente, inclui os clássicos), porque é nosso direito, vem se somar uma determinação de ler porque é uma forma de resistência. Esse patrimônio está sendo acumulado há milênios, está à minha disposição, uma parte é minha e ninguém tasca. E não vou deixar ninguém me engambelar — como diz a letra do forró — nem vir com conversa fiada para eliminar totalmente da minha vida a possibilidade de dedicar um certo tempo e atenção aos livros. De boa qualidade, é evidente, porque já que há tanta coisa atraente no mundo e tão pouco tempo para tudo, não vou desperdiçar minha vida com bobagem.

Direito e resistência são duas boas razões para a gente chegar perto dos clássicos. Mas há mais. Talvez a principal seja o prazer que essa leitura nos dá.

Muita gente fala em prazer da leitura, mas às vezes essa noção fica um pouco confusa. Claro, existe um elemento divertido, de entretenimento, em acompanhar uma história engraçada, emocionante ou cheia de peripécias. É uma das alegrias que um livro pode proporcionar — mas essa é apenas a satisfação mais simples, evidente e superficial. Há muito mais do que isso. Muito mesmo, como sabe qualquer leitor.

Existe, por exemplo, o gosto pela viagem — um prazer muito especial, que não deve ser confundido com fuga, evasão ou escapismo. É o gosto pela imersão no desconhecido, pelo conhecimento do outro, pela exploração da diversidade. A satisfação de se deixar transportar para outro tempo e outro espaço, viver outra vida com experiências diferentes do cotidiano. Mas a leitura dos bons livros de literatura traz também ao leitor o outro lado dessa moeda: o contentamento de descobrir em um personagem alguns elementos em que ele se reconhece plenamente. Lendo uma história, de repente descobrimos nela umas pessoas que, de alguma forma, são tão idênticas a nós mesmos, que nos parecem uma espécie de espelho. Como estão, porém, em outro contexto e são fictícias, nos permitem um certo distanciamento e acabam nos ajudando a entender melhor o sentido de nossas próprias experiências. Essa dupla capacidade de nos carregar para outros mundos e, paralelamente, nos propiciar uma intensa vivência enriquecedora é a garantia de um dos grandes prazeres de uma boa leitura.

Aliás, essa ideia de que os clássicos nos carregam numa viagem não deve ser surpreendente porque uma das possíveis origens da palavra *clássico*, etimologicamente, seria uma derivação de *classos*, um tipo de embarcação, uma nave para longas viagens. A outra, mais provável, é que venha de *classe*, como sinônimo de sala de aula — confirmando a ideia de livros de destaque, estudados nas escolas.

Por outro lado, a simples ideia de uma boa brincadeira proporcionada pela leitura também tem seu fundamento e pode ir além do mero entretenimento ou da diversão superficial e descartável. Quando brinca, a criança faz-de-conta. Quando cresce, sonha. Isto é: fantasia, imagina, finge — cria uma ficção. E isso desempenha um outro papel importantíssimo para qualquer ser humano estar em paz consigo mesmo — além do prazer que traz. Como assinala Umberto Eco:

> Qualquer passeio pelos mundos ficcionais tem a mesma função de um brinquedo infantil. As crianças brincam com boneca, ca-

valinho de madeira ou pipa a fim de se familiarizar com as leis físicas do universo e com os atos que realizarão um dia. Da mesma forma, ler ficção significa jogar um jogo através do qual damos sentido à infinidade de coisas que aconteceram, estão acontecendo ou vão acontecer no mundo real. Ao lermos uma narrativa, fugimos da ansiedade que nos assalta quando tentamos dizer algo de verdadeiro a respeito do mundo.[1]

Outra coisa muito prazerosa que encontramos num bom livro é o prazer de decifração, de exploração daquilo que é tão novo que parece difícil e, por isso mesmo, oferece obstáculos e atrai com intensidade. Como quem se apaixona. É uma delícia irresistível: ir se deixando fascinar, se permitindo ser conquistado por aquelas palavras e ideias, tentando ao mesmo tempo conquistar e vencer as dificuldades da leitura. É o que o crítico Harold Bloom (autor do excelente *Como e Por que Ler*[2]) chama de "a busca do prazer difícil" e classifica de sublime. Algo tão forte que hoje em dia cada vez se fala mais na leitura como uma atividade, não apenas como um recebimento ou um consumo passivo.

Essa atividade é feita da busca de um prazer sempre crescente, num patamar cada vez mais alto, lentamente construído com delicadeza, sensibilidade e empenho. Instala-se, entre leitor e texto, uma troca interativa, num jogo sedutor. Freud demonstrou como a curiosidade e a vontade de saber são vizinhas do instinto sexual — daí sua capacidade tentadora, sua força irresistível. Italo Calvino mostrou como um bom livro acende em quem o lê um permanente desejo de seguir sempre adiante, em busca da construção do sentido, vivido ao final como um grande momento de gozo e distensão — e como esse trajeto é prazeroso. Retoma, assim, a ideia de Roland Barthes quando o francês insistia em se referir à "paixão pelo sentido" e defendia a existência de uma "erótica do texto".

Todas essas considerações afirmam que se trata de um jogo a dois. Quando lemos um clássico, ele também nos lê, vai nos revelando nosso próprio sentido, o significado do que vivemos. Ou, nas palavras de George Steiner, em *Errata: Uma Vida Examinada*:[3]

> Defino um clássico, na literatura, na música, nas artes, na argumentação filosófica, como uma forma significante que nos "lê". (...) Mais do que nós a lemos. Não há nada paradoxal nem místico nessa definição. Cada vez que o enfrentamos, o clássico nos questiona. Desafia nossos recursos da consciência e do intelecto, da mente e do corpo (grande parte da resposta estética primária, mesmo intelectual, é corpórea). O clássico fica nos perguntando: *Entendeu? Está re-imaginando de forma responsável? Está preparado para agir baseado nessas questões, nas potencialidades de um ser transformado e enriquecido que eu estou colocando diante de você?*

É bom lermos esses autores clássicos porque eles ampliam nossa vida — como ensina Harold Bloom. E isso não é pouco.

Além do mais, podemos dizer que não têm prazo de validade nem perdem a garantia. Ou seja, nas palavras do poeta Pedro Salinas, bem-humoradas e profeticamente adequadas aos atuais tempos de uma sociedade de consumo: "Um clássico é um livro que sempre presta ao espírito do homem um serviço da mais alta qualidade."[4]

De qualquer modo, é impossível tentarmos falar sobre algumas boas razões para lermos esses livros, sem citar a todo momento Italo

Calvino. Num maravilhoso livro que celebra essas leituras, e que se chama justamente *Por Que Ler os Clássicos,*[5] ele sintetiza de modo brilhante algumas dessas considerações que estamos tentando fazer e observa:

> Os clássicos são livros que exercem uma influência particular quando se impõem como inesquecíveis e também quando se ocultam nas dobras da memória, mimetizando-se como inconsciente coletivo ou individual.

Logo depois, acrescenta:

> Os clássicos são aqueles livros que chegam até nós trazendo consigo as marcas das leituras que precederam a nossa e atrás de si os traços que deixaram na cultura ou nas culturas que atravessaram (ou mais simplesmente na linguagem ou nos costumes).

O que o leva a concluir que: "Um clássico é um livro que nunca terminou de dizer aquilo que tinha para dizer."

E ainda: "Os clássicos são livros que, quanto mais pensamos conhecer por ouvir dizer, mais se revelam novos, inesperados, inéditos, quando são lidos de fato."

No decorrer de sua obra, Calvino menciona várias vezes o fato de que os clássicos são livros que as pessoas releem, mas que qualquer leitura/releitura deles é sempre uma descoberta.

> Dizem-se clássicos aqueles livros que constituem uma riqueza para quem os tenha lido e amado; mas constituem uma rique-

za não menor para quem se reserva a sorte de lê-los pela primeira vez nas melhores condições para apreciá-los.

Em suma, são livros que conseguem ser eternos e sempre novos. Mas que, ao serem lidos no começo da vida, são fruídos de uma maneira muito especial, porque "a juventude comunica ao ato de ler, como a qualquer outra experiência, um sabor e uma importância particulares".

Ou seja, não há razão para deixar de ler os clássicos desde cedo. Estão à nossa disposição, com toda a opulência de seu acervo, a generosidade de sua oferta. Dispensá-los por ignorância seria uma grande perda.

Notas

[1] Umberto Eco, *Seis Passeios pelos Bosques da Ficção,* São Paulo, Companhia das Letras, 1994.

[2] Harold Bloom, *Como e Por que Ler,* Rio de Janeiro, Objetiva, 2001.

[3] George Steiner, *Errata: An Examined Life,* Londres, Phoenix, 1997.

[4] Pedro Salinas, *Ensayos de Literatura Hispánica,* Madri, Aguilar, 1958.

[5] Italo Calvino, *Por que Ler os Clássicos,* São Paulo, Companhia das Letras, 1993.

CAPÍTULO 3

ENTRE GREGOS E TROIANOS

Palavras, leva-as o vento...

É um lugar-comum dizer isso. No entanto, não é o que a experiência ensina à humanidade. As palavras ficam. Basta pensar nos templos dos gregos, naquela maravilhosa Acrópole de Atenas, nos teatros e nos belos edifícios construídos de sólido mármore. Hoje estão todos transformados em ruínas. Mesmo num ou noutro caso em que alguma parte da construção se conservou razoavelmente de pé, trata-se de um prédio morto, que não desempenha mais a função para a qual foi criado e sobrevive apenas para atestar um esplendor desaparecido. Mas outras obras dos gregos sobrevivem em sua integridade: justamente as que foram feitas de palavras. O vento não as levou. O tempo nada conseguiu contra elas.

Isso ocorre até mesmo com obras que inicialmente não foram escritas, como é o caso da *Ilíada* e da *Odisséia*, de Homero, que foram feitas antes que o alfabeto chegasse à Grécia e durante séculos só existiram pela repetição oral que as fixava na memória coletiva dos ouvintes. Estão até hoje com sua força intacta, há quase três mil anos. Mantêm-se vivas, capazes de emocionar plenamente um leitor contemporâneo, apresentar-lhe uma série de desafios e questões, apontar-lhe respostas e caminhos renovados. O mesmo se pode dizer da obra dos grandes autores teatrais da Grécia Antiga — Sófocles, Ésquilo, Eurípides. E dos filósofos como Sócrates, Platão e Aristóteles, que continuam a nos dizer tanta coisa. E das histórias e mitos que nem sabemos quem inventou.

Guardada por tanto tempo e reconhecida como um tesouro da humanidade, a cultura grega antiga sempre despertou o entusiasmo de leitores apaixonados, em diferentes épocas históricas. São uma fonte inesgotável, onde sempre podemos beber. Para muita gente, eles são os mais fascinantes de todos os clássicos. Provavelmente são os que mais marcaram toda a cultura ocidental.

Podemos, portanto, iniciar por eles nossa viagem por esses livros indispensáveis.

Até mesmo porque no Brasil estamos muito bem servidos em matéria de adaptações da mitologia grega ao alcance das crianças. A começar pela genialidade de Monteiro Lobato, que instituiu uma via de mão dupla entre o Sítio do Picapau Amarelo e a Grécia Antiga, criando assim uma excelente forma de iniciação infantil a esse universo. Poucos países tiveram tanta sorte em ter um privilégio desses.

Já no primeiro volume de sua obra, *Reinações de Narizinho*, os personagens do Sítio vão ao País da Fábula, onde encontram Esopo e vivenciam algumas das histórias contadas por esse escravo grego cuja lembrança se tornou imortal, como um mestre das fábulas, relatos com ensinamento moral. Na verdade, Narizinho, Pedrinho, Emília, Dona Benta e o Visconde de Sabugosa vão além de uma simples visitinha. Acabam trazendo o personagem de uma fábula para fazer parte da turma do Sítio, nele ficando por todos os outros volumes — um burro que salvam de ser comido pelo leão e passa a ser o Burro Falante, também conhecido por Conselheiro.

Em outro volume, *O Picapau Amarelo*, acontece o movimento inverso: são os seres mitológicos da Grécia e da Antiga Roma que vêm visitar o Sítio, convidados pelos seus habitantes. Pégaso, a Quimera, Belerofonte e outros fazem parte da lista dos escolhidos. Mas os monstros rejeitados não se conformam e resolvem também invadir a festa. E como acabam carregando Tia Nastácia com eles, o volume seguinte, *O Minotauro*, fica sendo inteiramente dedicado à operação de resgate da sequestrada, que foi levada para o labirinto subterrâneo do palácio do rei Cnossos, na ilha de Creta. Essa aventura de salvamento serve de pretexto para Monteiro Lobato se derramar em seu entusiasmo pela cultura clássica, criando encontros de Dona Benta com Péricles, conversas com os construtores da Acrópole e muita história apaixonante. Como se não bastasse, ainda em outra viagem aos tempos heroicos gregos, os picapauzinhos vão participar das aventuras de um herói e ajudá-lo diretamente, em *Os Doze Trabalhos de Hércules*.

A leitura desses livros é divertidíssima e, ao mesmo tempo, funciona como um verdadeiro curso de mitologia clássica na intimidade. Sem dúvida, é uma excelente introdução a esse mundo que formou toda a cultura ocidental. E tudo vem bem explicadinho, daquele jeito que Dona Benta usava para ensinar aos netos. Sorte das crianças brasileiras. Impossível imaginar melhor forma de se aproximar dos gregos (e dos troianos, que com eles travaram longa e famosa guerra) ou dos romanos.

Mas há outras igualmente muito boas. Algumas são adaptações diretas — versões condensadas e resumidas. Podem tratar de alguns episódios isolados, como *Presente de Grego*, em que Elenice Machado de Almeida conta a história do cavalo de Troia de forma bem acessível para os que acabaram de aprender a ler. Outras versões apresentam um resumo de obras específicas como a *Odisséia* de Homero, que tem várias adaptações ao alcance do público jovem, com especial destaque para uma das mais recentes, belamente recontada por Ruth Rocha. Outras obras ainda, como a *Ilíada*, também de Homero, e a *Eneida*, de Virgílio (contando a história de Eneias, que depois da guerra de Troia vai para a Itália e cujos descendentes acabam dando origem a Roma), também têm boas versões infanto-juvenis no Brasil.

Uma outra maneira muito interessante para se ter um primeiro contato com esses clássicos é procurar conhecer alguns dos mitos gregos. Alguns livros fazem uma verdadeira coletânea de alguns deles, às vezes misturando-os com a história de outros personagens, como fez Monteiro Lobato. É o caso de *Peripécias de Pilar na Grécia* (de Flávia Lins e Silva) e de *Entre Deuses e Monstros* (de Lia Neiva), para ficarmos apenas com dois dos mais divertidos e bem escritos. Outros apresentam uma antologia, reunindo uma coleção de mitos e lendas. Mas atualmente existem também, publicados por várias editoras, diversos livros que contam apenas um desses mitos, muitas vezes traduzidos de edições originais estrangeiras, e quase sempre com ilustrações muito bonitas. Dessa forma, é possível saber quem foi Ícaro, conhecer os argonautas, tentar decifrar a Esfinge, encantar-se com as sereias...

A nossa linguagem está cheia de referências aos antigos mitos greco-romanos, de tanto que eles nos influenciaram. Quando dizemos que uma coisa é bacana, estamos fazendo uma alusão a Baco, o nome romano do deus do vinho. Se alguém recebe um presente de grego, isso é uma lembrança da guerra de Troia. Se lança o pomo da discórdia, também é. Cada referência dessas remonta a toda uma história.

Falamos em ouvir o canto da sereia, em narcisismo, em complexo de Édipo, em caixa de Pandora, em calcanhar de Aquiles — e cada uma dessas expressões se refere a uma história grega diferente. Dizemos que uma coisa é uma verdadeira odisseia, que alguém está fazendo um esforço hercúleo, que o eco repete os sons — e com isso lembramos os personagens de Odisseus, Hércules ou a ninfa Eco. O oceano Atlântico lembra a Atlântida e o gigante Atlas, um vulcão era a chaminé da forja do deus Volcano, um labirinto era onde vivia o Minotauro, as olimpíadas prestam tributo aos deuses do Olimpo. Um desinfetante que se chame Ajax, uma revista de companhia aérea intitulada *Ícaro,* uma empresa de informática com a marca Medusa estão homenageando personagens mitológicos gregos — com muita pertinência, porque há na história de cada um deles uma explicação para a escolha desse símbolo. Uma foto erótica tem a ver com o deus Eros, um fenômeno psíquico recorda sua amada Psiquê, e qualquer coisa voluptuosa se refere à filha deles, Volúpia. A deusa do amor, Afrodite, é lembrada nos afrodisíacos — e com seu nome romano, Vênus, deixou sua marca nas doenças venéreas. As artes marciais têm esse nome porque seu patrono é Marte, o deus da Guerra. Uma coisa hermética é como se fosse guardada por Hermes, mensageiro dos deuses, que não podia entregar suas mensagens a quem não fosse o destinatário. Um cronômetro, uma cronologia e uma doença crônica aludem ao deus do tempo, Cronos — cujo nome romano, Saturno, batizou o dia de sábado em algumas línguas, como *saturday*, em inglês. Aliás, outros deuses greco-romanos também patrocinam diretamente outros dias da semana em outros idiomas: Marte (*martes* em espanhol, *martedí* em italiano, *mardi* em francês), Mercúrio (respectivamente *miércoles, mercoledì, mercredi*), Júpiter ou Jove (*jueves, giovedì, jeudi*), Vênus (*viernes, venerdì, vendredi*). O deus Janus, de duas caras, uma olhando para a frente e outra para trás, é homenageado pelo mês de janeiro, em que um ano começa ainda próximo das lembranças do que terminou.

A lista seria interminável. Um delicioso catálogo do variadíssimo patrimônio que a mitologia clássica nos deixou. Uma mãe ou pai atento pode se divertir muito, revelando aos filhos as pistas dessa riqueza, brincando de uma espécie de caça ao tesouro cultural. Um professor criativo pode mobilizar sua turma durante muito tempo, procurando vestígios gregos e romanos no nosso dia a dia.

Não saber nada disso é uma pena. Aprender tudo depois de adulto é uma tarefa pesada e sem graça. Porque não é assim que deve ser, como se fosse num dicionário. Mas ir aos poucos, desde criança, se familiarizando com todas as histórias que estão no subterrâneo dessas referências, sem pressa, é um prazer e um enriquecimento para o espírito. Negar isso às futuras gerações é um desperdício absurdo, equivale a jogar no lixo um patrimônio valiosíssimo que a humanidade vem acumulando há milênios.

Outra maneira muito gostosa de apresentar à criançada essas histórias, num primeiro contato, é oralmente. O adulto que quiser ter a alegria de compartir uma narrativa dessas com os pequenos pode ler antes a história sozinho, para si mesmo, para lembrar ou ficar conhecendo. Depois, outro dia, conta ao filho (ou aluno, ou sobrinho) com suas próprias palavras, do jeito que lembrar. Em seguida, na ocasião oportuna, pode dar-lhe o livro de presente. É para sempre.

Num depoimento comovente, o professor e escritor George Steiner dá seu testemunho de como esse processo pode funcionar. Lembra que seus pais sempre liam para ele e depois comentavam as leituras, fazendo com que ele também quisesse um dia poder dar palpites que ajudassem aquele texto a sobreviver, lançando-lhe uma luz nova. Com isso, ele pedia sempre mais e mais histórias. Em suas palavras:

> Minha infância se transformou num festival exigente.
>
> A confirmação ocorreu numa noite, no fim do inverno, não muito antes do meu aniversário de seis anos. Meu pai tinha me contado, em linhas gerais, a história da *Ilíada*. Mas mantivera o livro fora do meu alcance impaciente. Nesse dia, o trouxe e o abriu. (...)

Em seguida, situa um episódio do Livro XXI, em que Licaonte faz um apelo emocionante a Aquiles, pedindo pela própria vida. Steiner cita alguns versos e prossegue.

> Nesse ponto, meu pai parou, com um ar de desamparo hesitante. Pelo amor de Deus, o que acontecia depois? Eu devia estar tremendo de frustração excitada, tremendo mesmo.

O pai interrompe a leitura, diz que faltava alguma coisa, finge que não entendia o que estava escrito, era preciso decifrarem juntos. Segura o dedo dele, vão lendo juntos, repetem a leitura, sílaba após sílaba, consultando o dicionário quando necessário.

> Palavra a palavra, numa canção verso a verso. Lembro-me graficamente do surto de maravilhamento, de uma consciência de criança perturbada e pouco amadurecida, diante da palavra "amigo" no meio de uma sentença de morte. (...) Aproveitando minha emoção (...) papai fez mais uma proposta, como se aquilo estivesse lhe ocorrendo na hora, de passagem: "Vamos aprender de cor uns versos desse trecho?" Desse jeito, a serena desumanidade da mensagem de Aquiles, seu terror suave, jamais nos deixariam. E quem poderia imaginar, além disso, a surpresa que eu iria encontrar na minha mesinha de cabeceira quando voltasse ao meu quarto? Saí correndo para ver. E encontrei meu primeiro Homero. Talvez o resto, tudo o que veio depois, tenha sido uma nota ao pé-de-página a esse momento.
>
> A *Ilíada* e a *Odisséia* se tornaram meus companheiros de toda a vida. (...)
>
> E sempre lá está, para mim, em cada página, uma ressonância da voz de meu pai.[1]

Não precisa tanto. Não é necessário intelectualizar, recorrer a dicionário, ler tateando antes dos seis anos — nem ler no original grego, como foi o caso desse episódio. Eram outros tempos (1935) e outra sociedade (a Viena de entre as guerras). Hoje todos têm pressa, ninguém mais aprende latim e grego, há excelentes adaptações de

Homero para as crianças e jovens em português, e vivemos na civilização da imagem, repleta de tentações visuais e muitos outros meios de cada um se informar. Não é o caso de seguir literalmente o exemplo. Mas não custa nada dar quinze minutos a um filho, para compartir um tesouro humano — a criança ou adolescente merecem essa atenção de qualidade. Basta ler junto e conversar.

Será igualmente inesquecível para o ouvinte. Uma experiência marcante que o tempo não conseguirá destruir. Ouvir contar e sentir que aquela leitura é um presente, uma iniciação a algo precioso, um ato de amor.

Notas

[1] George Steiner, *Errata: An Examined Life,* Londres, Phoenix, 1997.

CAPÍTULO 4

SAGRADA ESCRITURA

Apesar de toda essa influência incontestável e tão marcante que a mitologia greco-romana exerce sobre nossa vida cotidiana, não é ela o modelo essencial que serve de guia e parâmetro de nossa civilização. Embora não haja o menor sentido em ficar estabelecendo comparações competitivas, temos de reconhecer que existe um clássico que, no mínimo, é tão fundamental quanto o conjunto dos textos gregos de que falamos no capítulo anterior. E tem uma presença ainda mais nítida na nossa maneira de pensar. Não se trata de uma coleção, mas de um livro único. Tão único que seu nome é justamente uma palavra que significa livro em grego. Estamos falando da Bíblia.

Independentemente de qualquer crença religiosa, o simples fato de vivermos numa nação que faz parte do Ocidente judaico-cristão já nos torna herdeiros da linhagem bíblica. Estamos impregnados de suas histórias e seus ensinamentos. O mínimo que podemos fazer é procurar, pelo menos, transmitir às crianças e aos jovens essa tradição narrativa ancestral.

Quem não se sentir ligado a esse universo por nenhuma crença religiosa pode tratar esse material apenas como uma grande coleção de relatos fundamentais, e passá-los adiante com uma visão crítica se quiser. Quem tiver fé nos ensinamentos bíblicos pode também aproveitar e conversar com as crianças sobre o material lido, encaminhando-as nessa estrada religiosa. De qualquer modo, é um patrimônio formado por um acervo muito rico e que faz parte de nossa cultura geral. Não podemos desprezá-lo.

Da mesma forma que ocorre com a mitologia grega, os sinais da passagem desses textos pela vida de nossa cultura são incontáveis. Nesse caso, não se trata mais de uma profusão de deuses ou de uma sucessão de monstros, transformações inesperadas ou guerreiros capazes de feitos prodigiosos. A Bíblia fala a seus leitores de um Deus único. E conta a história de um povo, os hebreus.

Na verdade, a longa narrativa da Bíblia costuma ser dividida em duas grandes partes: o Antigo Testamento e o Novo Testamento.

No primeiro, conta-se a história do mundo desde a sua criação por Deus. Um deus que era diferente dos deuses gregos, dos egípcios, dos babilônicos e de todos os outros que a humanidade conhecera. Não era um deus parecido com os homens, sujeito a paixões e fraquezas humanas, com comportamento semelhante ao nosso — como os deuses gregos, por exemplo. Pelo contrário, era um deus exigente, obrigando seus seguidores a um comportamento difícil e austero, baseado na obediência a um código moral bastante nítido e duro, ditado diretamente pela divindade. Nesse sistema de valores, vigente para o povo que Ele escolheu e que fazia questão de segui-Lo, várias coisas eram proibidas, o mal estava sujeito a punições, o bem era um valor a ser procurado e incentivado. Um desses castigos condenara a humanidade a ter de se fazer digna da salvação divina e a esperar por um salvador, o Messias, que um dia nasceria entre esses seguidores escolhidos e viria resgatar os homens e mulheres.

Esse povo — os hebreus — conta sua história numa sucessão de relatos que se encadeiam pelo Antigo Testamento, consciente de que o fato de se apresentar como o Povo Eleito, escolhido por Deus, o obrigava a um padrão ético até então desconhecido e atraía a inimizade de vários outros povos. Dessa religião, conhecida por judaísmo devido ao fato de que seus seguidores descendiam da tribo de Judá, nasceram mais tarde outras duas religiões também monoteístas — o cristianismo e o islamismo.

O Novo Testamento trata justamente do cristianismo, iniciado quando vários hebreus começaram a acreditar que o Messias já havia chegado e se chamava Jesus Cristo. Compreende quatro evangelhos, que são quatro versões ligeiramente diferentes da história de Cristo e de seus ensinamentos — a consagração definitiva do conceito de que não existe uma maneira única de se contar alguma coisa, mas cada narrador tem seu ponto de vista, seleciona fatos diversos, os ordena como quer. Além disso, o Novo Testamento inclui também os Atos dos Apóstolos, que contam o que os seguidores de Jesus fizeram nos primeiros anos depois de Sua morte, para espalhar Sua palavra e exemplo, e o que Ele pregara ao mundo.

A história dos hebreus é longa e cheia de episódios fascinantes que constituem uma rica coleção narrativa. Além disso, a vida de Cristo, tal como é contada pelos evangelhos, inclui também os Seus ensinamentos, que muitas vezes eram transmitidos em forma de parábolas — pequenas histórias com intenção educativa, narradas de um jeito que faziam o ouvinte pensar e chegar a suas próprias conclusões. Isso tudo faz da Bíblia uma leitura interessantíssima.

Um leitor mais maduro pode se interessar por partes mais poéticas, como os Salmos, o Cântico dos Cânticos ou o Apocalipse. Ou por passagens mais filosóficas, ou por profecias. Tem tanta coisa boa de se ler na Bíblia... Mas as crianças vão gostar mesmo é das histórias. E nisso a Bíblia é imbatível, afinal foi com esse livro que se iniciou a grande tradição narrativa que permitiu construir toda uma civilização em cima de histórias.

Basta citar algumas para a gente ver a variedade. A criação do mundo e a expulsão do Paraíso. A arca de Noé. A torre de Babel. José e seus irmãos. Os sonhos do faraó. O nascimento de Moisés e sua vida no Egito. A passagem do mar Vermelho. Josué, o homem que fez parar o sol. A sensacional luta de David contra o gigante Golias. Sansão e Dalila. Daniel no covil dos leões. Jonas e a baleia. Salomé e a dança dos véus. O nascimento de Jesus. Os Reis Magos. A pesca milagrosa. A multiplicação dos pães. O bom samaritano. Os milagres de Jesus.

Enfim, história para todo gosto.

Já houve tempo em que muitas vezes a Bíblia era o único volume disponível para a leitura de uma família ou uma comunidade — de forma mais acentuada nos países protestantes do que nos católicos. Mas de qualquer maneira, até alguns anos atrás, no Brasil, se ela não constituía uma leitura doméstica frequente, era entretanto comum a presença nas estantes domésticas de uma *História Sagrada*, nome dado a coletâneas de relatos bíblicos simplificados e ilustrados a preto e branco.

Lembro que ganhei uma de minha avó paterna. Não tinha cara de livro infantil, mas de leitura de gente grande. Tinha umas figuras sempre emolduradas num retângulo bem delimitado pelo meio do texto, mostrando um Deus-Pai de longas barbas, a figura mais repetida em suas páginas. Mas tinha também outras imagens que faziam sonhar com terras exóticas e tempos antigos: pastores de ovelhas vestidos em longas túnicas e de cajado na mão, mulheres de xale na cabeça junto a um poço entre palmeiras, caravanas de caminhantes cruzando o deserto, tendas de guerreiros, tocadores de trombetas, dançarinas orientais, procissões que transportavam uma arca, mercados cheios de tapetes, objetos e grandes potes de cerâmica, cidades cercadas por muralhas... Uma viagem exótica.

Hoje em dia, com maravilhosas ilustrações coloridas, o efeito sobre a garotada deve ser ainda mais forte, transportando o pequeno leitor para um ambiente completamente diferente do que ele está acostumado a ver a seu redor. Não se usa mais o nome de *História Sagrada*. Mas as inúmeras versões de Bíblias para crianças no mercado brasileiro oferecem uma variedade capaz de satisfazer a todos os leitores, dos mais ariscos aos mais exigentes.

Existem também várias coleções em que os episódios isolados são recontados em livros avulsos. Algumas editoras apresentam textos escritos originalmente em português, especialmente para o pequeno leitor brasileiro. Outras foram buscar edições estrangeiras e as traduziram. Sempre com ilustrações de muito boa qualidade — esse nicho do mercado editorial quase sempre é uma área de excelência visual, o que só vem acrescentar mais atrativos à facilidade que temos hoje de propiciar o encontro das crianças com esses clássicos.

A meninada tem o direito de ouvir ou ler alguns dos mais famosos relatos bíblicos, mesmo que a família não pretenda fazer dessa experiência uma forma de ensinamento religioso ou de transmissão de valores. De qualquer maneira, é uma passagem de bastão: transmissão de conhecimento enriquece a cultura geral da pessoa.

Assim, ela pode ficar sabendo o que são tempos de vacas magras, e em que consiste vender a primogenitura por um prato de lentilhas. Ao transportar um bebê num moisés, saberá por que o cestinho tem esse nome. Quando encontrar expressões como "separar o joio do trigo", "lavar as mãos", "mudar da água para o vinho" ou "dar a outra face", ou quando por acaso ler num jornal uma referência ao farisaísmo ou a sepulcros caiados, saberá exatamente a que o texto está fazendo alusão. Reconhecerá as referências ao bom pastor ou ao bom ladrão, ao bezerro de ouro, ao grão de mostarda ou à folha de parreira. Conhecerá o que é uma mulher forte, entenderá por que deixar vir as criancinhas.

E um dia, se quiser, poderá ler e apreciar muito mais uma quantidade enorme de obras maravilhosas que foram escritas pelos tempos afora a partir de referências a situações bíblicas. Algumas podem ser longos romances que são verdadeiras obras-primas literárias, numa nova linhagem de clássicos, e que em sua construção tomam elementos bíblicos como elemento estrutural, como é o caso de *José e seus Irmãos*, de Thomas Mann, *Esaú e Jacó*, de Machado de Assis, *Vidas Amargas (a leste do Éden)*, de John Steinbeck. Outros, ao escolherem seus títulos em passagens da Bíblia, acrescentam a uma narrativa contemporânea uma dimensão simbólica de permanência ou contraponto a saberes mais antigos e tradicionais — como ocorre com *Olhai os*

Lírios do Campo, de Erico Verissimo, ou *O Sol Também se Levanta*, de Ernest Hemingway. Em todos eles, o conhecimento da Bíblia acrescenta uma nova dimensão à leitura.

Outras vezes, o que deflagra a alusão é um poema — e entre eles alguns são belíssimos, como "O Dia da Criação", de Vinicius de Moraes, ou o soneto de Camões sobre o amor de Jacó por Raquel, que termina lindamente dizendo:

> Começou de servir outros sete anos,
> dizendo: "E mais servira se não fora
> Para tão longo amor tão curta a vida."

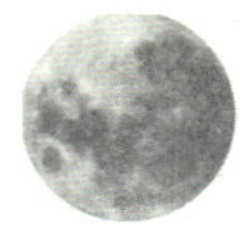

CAPÍTULO 5

TORNEIOS, PROEZAS E CAVALEIROS

Se o distinto leitor ou leitora é chegado a assistir a uma mesa-redonda, seja para um debate profissional, seja para comentar as partidas de futebol da rodada num domingo à noite pela televisão, talvez algum dia tenha se perguntado por que aquela reunião de gente discutindo tem esse nome. Muitas vezes, os participantes nem mesmo estão sentados em volta de uma mesa. Ou, se ela existe, é sempre retangular. Jamais redonda.

Essa expressão tem história. Uma história antiga e fascinante, do tempo do rei Artur — o que equivale a dizer que deve ser do século V, no comecinho da Idade Média. Conta-se que o rei Artur atraiu para sua corte os mais valentes, dignos e admiráveis guerreiros de sua época. Costumava reuni-los em torno de uma mesa e, para deixar bem claro que não tinha nenhuma preferência e não considerava que nenhum daqueles cavaleiros era mais importante do que o outro, tratou de evitar qualquer situação de hierarquia que, eventualmente, pudesse despertar ciúme ou inveja entre os que ali estavam. Para que ninguém pudesse achar que o outro ocupava um lugar de maior prestígio ou estava recebendo maiores honrarias, mandou construir um móvel especial, uma mesa sem cabeceira. Uma távola redonda. *Távola* é um termo antigo para designar mesa. Foi essa palavra que deu origem a *table* em inglês e francês, ficou mesmo *tavola* em italiano e acabou virando *tábua* e mudando um pouco de sentido em português.

Essa mesa redonda acabou virando símbolo de muita coisa. De imediato, ser convidado para fazer parte dela passou a significar a maior honraria que um cavaleiro poderia sonhar em receber. Um prêmio que situava seu detentor entre os maiores de sua especialidade. Coisa para poucos e excelentes. Da mesma forma que hoje se encara uma subida no pódio olímpico, ou o recebimento de um Oscar no cinema, ou uma Copa do Mundo ou um Prêmio Nobel. Por outro lado, a Távola Redonda em si não era apenas uma reunião de craques magníficos. Era o símbolo concreto de um ideal de igualdade, de uma equipe onde o rei fazia questão de tratar a todos da mesma forma.

O ciclo de lendas sobre o rei Artur e os cavaleiros da Távola Redonda constitui um imenso manancial de histórias maravilhosas, contando feitos de extraordinária bravura. Essas narrativas heroicas reconstituem, de maneira lendária, a época do que talvez tenha sido o reino mais glorioso da Europa. São também conhecidas como "matéria da Bretanha", porque contam histórias dos celtas que viviam na região que os romanos chamavam de Britannia — e que compreendia o território onde hoje ficam a Inglaterra (mais tarde considerada parte da Grã-Bretanha) e o norte da França. Correspondem a um tempo de encontros violentos entre vários povos. Os romanos haviam conquistado essas regiões, fundado cidades, construído estradas, aquedutos, castelos. Quando passaram a ser cristãos, também difundiram sua religião nesse lugar. Mas essas terras ficavam bastante longe de Roma, e eles estavam tendo muitos problemas com invasores lá por esses (e outros) confins do território — tanto que seu império acabou caindo. Por isso, se retiraram. Nessa Inglaterra primitiva, deixaram os celtas, já convertidos ao cristianismo e seus fiéis defensores. Porém esses celtas se dividiram em vários reinos rivais que começaram a lutar entre si. Ainda por cima, tiveram que enfrentar sucessivas invasões de outros povos que atacavam o leste da ilha (anglos e saxões e, mais tarde, os jutos). Foi um momento de muita confusão e desordem, no caos de implantação do que viria a ser um grande país, mas ainda era um amontoado de guerreiros lutando ferozmente entre si.

Talvez esse seja um dos primeiros motivos para que o ciclo de lendas do rei Artur e dos cavaleiros da Távola Redonda tenha se tornado tão poderoso. Muitos estudiosos acham que essas narrativas — baseadas em vários elementos históricos, mas acrescidas de uma imensa quantidade de proezas fantásticas — correspondiam a uma necessidade muito intensa que o povo sentia na ocasião: o desejo de um mundo melhor, mais ordenado e sob a proteção de um grande líder. Outra razão possível para tanto sucesso não fica no terreno político e militar, mas se situa numa esfera mais cultural. Nessa perspectiva, essas lendas corresponderiam também ao desejo de outra coisa que estava fazendo falta: a formulação de um código moral nítido e confiável, regido por leis em que se misturavam exigências éticas, espirituais e religiosas. Além disso, desempenhavam outra função importante, pois permitiam que a cultura celta (povoada de fadas, magos e feitos prodigiosos) canalizasse sua força pelo subterrâneo de uma história cristã e encontrasse uma forma de sobreviver com vigor e renovação.

O resultado foi um conjunto de histórias tão marcantes que não foram destruídas pelo tempo. Não eram escritas, mas contadas oralmente. Contadas e recontadas, com inúmeras variações, foram ficando na memória do povo — e, de vez em quando, eram mencionadas em manuscritos. No século XII — sete séculos depois da época em que essas histórias teriam ocorrido —, o monge galês Geoffrey de Monmouth foi escrever (em latim) uma *História dos Reis da Bretanha* e, inspirado em algumas dessas pistas, deixou que sua imaginação desenvolvesse a história do rei Artur. Baseando-se nessa versão escrita e nas histórias orais que continuavam a correr, várias outras histórias foram também sendo recontadas. A mais famosa delas, e que ficou quase como o registro definitivo do mundo arturiano, servindo de base, fonte e ponto de partida para quase todas as visitações posteriores, foi *A Morte de Artur*, de Thomas Mallory, um nobre do século XV. Ou seja, mil anos depois do tempo em que os fatos teriam ocorrido.

Esse ciclo de lendas acabou também consolidando um modelo de histórias de cavaleiros que vagavam pelos bosques "em busca de aventuras" — ou seja, sem lei e procurando briga. Alguns eram apenas bandidos. Outros procuravam seguir o código da cavalaria — e ao longo do tempo, à medida que essas lendas iam sendo recontadas, elas iam se contaminando com os ideais da sociedade que as ouvia. Esses cavaleiros andantes deviam cumprir o juramento que faziam sobre a Bíblia ao serem sagrados cavaleiros: ser bons cristãos, leais a seu chefe, protetores das mulheres, defensores da justiça. Assim, cabia-lhes salvar quem estivesse em perigo, defender os fracos e inocentes, corrigir malfeitos.

As marcas dos tempos mágicos em que essas lendas foram criadas transparecem por toda parte pelo meio das narrativas. Nelas havia originalmente a figura dominante de um grande mago, Merlim, provavelmente um druida ou sacerdote celta. Acreditava-se em espíritos das águas (como a Dama do Lago) e dos bosques. As mulheres sacerdotisas, ou magas, às vezes eram consideradas fadas do bem, mas outras vezes eram encaradas como bruxas maléficas e ameaçadoras. Morgana, por exemplo, é um personagem que em algumas lendas é uma fada, em outras é feiticeira. Também é muito comum encontrar nessas histórias a noção de sortilégios e encantamentos.

Pelo meio desse ambiente se moviam os cavaleiros. Na Távola Redonda, os mais famosos foram Lancelote (defensor da rainha), Galahad (o mais puro e mais santo), Tristão (conhecido por sua história de amor com a bela Isolda), Percival (guerreiro valentíssimo mas quase santo, em sua inocência e humildade), Gawain (orgulhoso e se zangando à toa, mas de uma lealdade a toda prova), Bors (filho do rei da França, combativo e de grande espiritualidade), Kay (irascível e pouco diplomático, mas muito leal), Bedivere (um dos mais fiéis ao rei), Mordred (pérfido e intrigante), Gareth (que chegou a Camelot disfarçado de criado e foi cozinheiro antes de se revelar como cavaleiro e casar com a bela Leonor). Cada um deles acabava tendo seu próprio subciclo de histórias, em proezas que se multiplicavam e se espalhavam por toda a Europa.

Da mesma forma que a Inglaterra teve seu ciclo de lendas semimíticas, contando a época obscura de seus inícios históricos, outros países europeus também enriqueceram a Idade Média com maravilhosas histórias de cavalaria que se tornaram clássicos da literatura. Muitas vezes diretamente influenciadas pelas lendas arturianas, outras vezes apenas recontando de forma épica e exagerada os feitos históricos de suas origens, esses relatos também constituem uma leitura empolgante que nos ficou para sempre.

Na França, por exemplo, esse material é constituído pelas histórias do rei Carlos Magno e seus cavaleiros mais próximos — conhecidos como os Doze Pares de França. O mais famoso deles era o valente e impetuoso Rolando (sempre acompanhado do sábio e ponderado Oliveiros) que depois de muitas aventuras acabara dando a vida numa luta desigual e corajosa, para impedir que os sarracenos invadissem o país. Essa história é contada na *Canção de Rolando*, do século IX, a mais antiga obra conhecida da literatura francesa. Mas, para se ter uma ideia de como essas histórias não conheceram fronteiras em sua capacidade de acender a imaginação humana, basta ver que até hoje, nas grandes feiras do nordeste brasileiro, ainda se encontram à venda folhetos de cordel contando os feitos de *Carlos Magno e os Doze Pares de França*. Com sorte, a gente ainda consegue encontrar algum velho cantador capaz de recitá-las, em versões caboclas interessantíssimas, acompanhadas por viola ou rabeca.

Na Espanha, o herói fundador que vira personagem de um ciclo de lendas medievais vai ser um pouco posterior, da época da Reconquista — nome que se deu ao processo de expulsão dos invasores muçulmanos que haviam ocupado a Península Ibérica, e que durou muito tempo. Seu nome era Rodrigo Díaz de Bivar, conhecido como *El* Cid Campeador, protagonista do romance anônimo *El Cantar de Mío Cid* e de vários outros poemas que narram seus feitos valentes e atos de bravura e esperteza.

Nesses tempos medievais, as fronteiras nacionais dos países não existiam e era comum que um mesmo cavaleiro fosse personagem de gestas (coleções de histórias épicas) em diferentes lugares. Rolando, por exemplo, vira Orlando quando passa para a Itália. Suas aventuras vão ser recontadas alguns séculos depois, já no Renascimento, pelo grande poeta Ariosto, que escreveu *Orlando Enamorado* e *Orlando Furioso.* O Cid vai ser tema para *Le Cid*, uma das mais famosas peças teatrais do francês Corneille, no século XVII.

Muito mais tarde ainda, no século XIX, no tempo do Romantismo, e logo depois, quando a Idade Média entra na moda e vira mania europeia, retomam-se muitas dessas narrativas como ponto de partida para um gênero que ganha muita popularidade, o romance histórico, e para todo tipo de novas obras que celebram os tempos heroicos de formação das nacionalidades.

Alguns heróis do ciclo arturiano vão inspirar o músico alemão Richard Wagner em óperas como *Parsifal* e *Tristão e Isolda.*

A Inglaterra descobre em seu passado outro ciclo de lendas medievais recontadas em baladas populares muito difundidas, que datavam pelo menos do ano de 1400 — relativas ao tempo das Cruzadas, no reinado de Ricardo Coração de Leão. Com elas se divulgam os feitos de Robin Hood, um nobre proscrito que vivia com um bando de assaltantes/guerrilheiros na floresta de Sherwood e que criou para sempre o modelo clássico de redistribuição de renda por meio da fórmula que se resume em "roubar dos ricos para dar para os pobres". Esse personagem se transformará num dos maiores e mais duradouros mitos românticos, o do marginal herói, cuja história necessariamente exige que ele nunca pare de agir e precisa terminar assim que ele deixa a marginalidade. Como assinala agudamente o romancista e ensaísta contemporâneo John Fowles:[1] "A essência de Robin Hood é que ele está na revolta, não no poder. É uma atividade *contra*, não uma afirmação passiva de alguma coisa."

Vários romancistas do século XIX também se inspiraram nessa época para criar suas obras, que podem ser razoavelmente próximas aos fatos históricos ou à biografia de pessoas que realmente existiram, mas muitas vezes são totalmente inventadas. As Cruzadas, a vida de Joana d'Arc, as guerras entre os senhores feudais formam o pano de fundo de vários romances históricos surgidos nessa ocasião. Walter Scott (cuja obra-prima é *Ivanhoé*), Robert Louis Stevenson (com *A Flecha Negra* e *Raptado*), Mark Twain (que, embora norte-americano, também fez suas incursões pelos épicos medievais com *Joana d'Arc* e *Um Ianque na Corte do Rei Artur*) são apenas alguns dos exemplos de criadores que revisitaram a Idade Média em livros de leitura empolgante e divertida que se tornaram clássicos e têm plenas condições de continuar agradando aos jovens leitores de hoje — mesmo que seja em versões condensadas. Um grande autor brasileiro, Erico Verissimo, também escreveu um belo livro sobre esses tempos — *A Vida de Joana d'Arc*. A sueca Astrid Lindgren mergulhou nessa época para criar um comovente clássico infantil contemporâneo, em *Os Irmãos Coração-de-leão*. E algumas obras de Shakespeare desenroladas na Idade Média também tiveram seus enredos apresentados em versões condensadas para o público infanto-juvenil, que começaram a ser feitas no século XIX.

São incontáveis os exemplos da sobrevivência desses elementos em toda a nossa cultura. Muitos deles passaram a ter valor de símbolo: falamos em fazer uma cruzada contra alguma coisa, viver trancado numa torre, enfrentar o dragão da inflação. O mundo mágico do folclore celta e o universo medieval continuaram absolutamente vivos nos livros e nas telas do século XX, seja na obra de J. R. Tolkien com *O Hobbit* e a trilogia de *O Senhor dos Anéis*, seja nas inúmeras voltas ao rei Artur, com sua espada Excalibur, sua corte em Camelot, seu mundo entre *As Brumas de Avalon*, seja nas incontáveis versões que Hollywood deu dessas lendas de cavaleiros e de Robin Hood, seja na magia de Merlim e suas corujas retornando com Harry Potter, seja nos jogos de RPG que multiplicam os retornos à Idade Média.

De todas essas novas obras, talvez a mais rica seja justamente a experiência mais original e densa — a de Tolkien, por sua ambiguidade e sua inventiva. Ao mesmo tempo, é uma fantasia e um retorno ao ciclo das grandes lendas, densamente carregado por transformações simbólicas da realidade. As próprias condições que deram origem ao livro ajudam a explicar essa ambiguidade implícita. Surgiu inicialmente como uma história (*O Hobbit* é de 1937) para ser contada ao filho do autor, mas correspondeu a um momento em que o nazismo ameaçava a Europa, e Tolkien, professor e estudioso de língua e cultura celta, não podia deixar de se perguntar qual o sentido do que fazia naquele instante e de colocar toda sua erudição e conhecimento a serviço da tentativa de ordenar essas indagações e perplexidades. Ao mesmo tempo, o livro que escrevia passou a ser um relato destinado ao outro — e um outro jovem, com o qual tinha forte ligação afetiva — e um mergulho em si mesmo, um questionamento em termos individuais e nacionais. Além disso, em minha opinião, *O Senhor dos Anéis* (1954) deriva grande parte de sua força do fato de apresentar também uma instabilidade linguística muito interessante em termos narrativos, fazendo conviver o modelo do romance de aventuras arcaico, fluente e contado de fora, com elementos de relato muito modernos e desenvolvidos pela cultura de massas, do cinema aos quadrinhos: cortes abruptos, ritmo acelerado, suspense acentuado, tudo isso servido nesses momentos por um ponto de vista colado ao protagonista da aventura, como uma segunda pele. Dessa forma, a construção do livro consegue manter um extraordinário equilíbrio entre duas vertentes que se opõem com força, mantendo uma tensão fascinante. A sensação gostosa de aconchego e conforto trazida pela amizade, pela certeza da lealdade em que se pode confiar, pelo mundo pacífico e de bem-estar dos hobbits (mesmo que às vezes ele seja apenas uma referência saudosa em certos momentos), comporta a promessa de um final fechado e feliz. Por outro lado, qualquer certeza nesse sentido é negada pelos riscos inesgotáveis e crescentes que a história toma, graças à extensão e ao tamanho dos perigos e ameaças tão bem construídos, à sutileza das opções éticas que se apresentam, à recusa do maniqueísmo que se mantém de pé o tempo todo, com a constatação de que um vilão pode já ter sido um ser bom, enquanto o herói pode ver crescer o mal dentro de si, à medida que a história se desenrola. Tudo isso se combina para fazer da obra de Tolkien uma narração de rara densidade, em que um excelente romance de aventuras convive com outro subgênero importante, o romance de formação. Todos esses elementos juntos talvez ajudem a explicar o fascínio dessa obra que, ao mesmo tempo que carrega o leitor numa acelerada corrida de proezas e peripécias de tirar o fôlego, faz com que ele vivencie uma perda de inocência que pode ser intensamente dolorosa, mas é entendida como essencial e profundamente transformadora para melhor.

Um dos autores contemporâneos mais fascinantes que se filiam a essa linhagem é o premiadíssimo escritor inglês Alan Garner, que, a partir da década de 1960, explorou uma vertente assustadora e atraente: as passagens entre o mundo atual em que vivemos e um certo mundo ameaçador, feito de poderosa magia celta medieval, que ora ameaça nos sugar ora chega a nos invadir. Em vários de seus livros (dos quais alguns estão traduzidos em português, como *Elidor, A Lua de Gomrath, A Pedra Encantada de Brisingamen, A Maldição da Coruja*), as situações se constroem a partir de contatos desse universo paralelo com o nosso dia a dia. Graças a pontos de contaminação entre presente e passado, a força do Mal que dormia latente pode ser despertada e se desencadear no cotidiano contemporâneo, tendo de ser enfrentada e combatida por crianças comuns que vivem hoje, em circunstâncias normais, iguais às de todos nós. A força do texto de Garner é tão convincente, que seu leitor não consegue passar impune pelas histórias e nunca mais poderá ficar indiferente em certas situações ou olhar sem um arrepio para certas coisas aparentemente corriqueiras — como uma louça antiga quebrada ou uma construção muito velha sendo demolida (e libertando lá de dentro das paredes sabe-se lá que mundo vivido ou sonhado, mas prestes a virar pesadelo...).

Mesmo em nosso dia a dia, a todo momento fazemos referências a coisas que vêm desse mundo de lendas e mitos clássicos medievais. A esse respeito, lembro um episódio recente, incompreensível para quem não conhece os clássicos. Na campanha para as eleições da prefeitura de São Paulo, o candidato Paulo Maluf acusou a candidata Marta Suplicy de querer implantar uma espécie de modelo Robin Hood. "Pior é ele, que em matéria de personagem está muito mais para Ali Babá", foi a divertida resposta dela, em referência a outro herói de história clássica.

Mas os tempos da cavalaria não tiveram apenas essa filiação direta, em obras que até hoje continuam acendendo a imaginação em livros, filmes, óperas, séries de televisão, desenhos animados. Prolongaram-se também no imaginário tradicional coletivo e anônimo, às vezes se misturando com outros temas, para sobreviver no que geralmente chamamos de contos de fadas ou histórias populares. Vários de seus temas e ambientes remontam à época dos cavaleiros andantes: os encantamentos, a desconfiança em relação a mulheres solitárias que conheciam medicina popular e eram vistas como bruxas, as princesas encerradas nas torres, os cavaleiros que saem pelo mundo em busca de aventuras, o enfrentamento com gigantes, feiticeiros e monstros, os mercados populares, o rei que precisa escolher seu sucessor entre os filhos, ou garantir que a mão de sua filha vá para alguém do seu agrado na eventual sucessão do trono... Enfim, o conhecimento de alguma coisa dos clássicos fundadores do ciclo da cavalaria ajuda muito a que se entendam os contos de fadas de uma forma muito mais profunda e enriquecedora, tornando-os ainda mais interessantes e ajudando nossa compreensão de nossa própria sociedade atual.

Além disso, as histórias de cavalaria deram origem a uma das obras-primas da literatura universal, um dos clássicos que foram mais fundo na análise do espírito humano, de forma emocionante e divertida ao mesmo tempo — *Dom Quixote de La Mancha*. Escrito no Renascimento pelo espanhol Miguel de Cervantes Saavedra, esse livro é considerado o fundador de todo o romance moderno. "O primeiro e melhor de todos os romances", como classifica Harold Bloom.

É uma crítica que o espírito racional renascentista faz às crendices medievais, uma sátira ao mundo dos cavaleiros andantes, seus exageros, seus clichês, suas repetições, seu heroísmo desmesurado. Conta a história de um fidalgo espanhol pobre que adorava livros de cavalaria e, de tanto lê-los, enlouquece e passa a se ver como um cavaleiro, destinado a consertar os erros do mundo, desfazer injustiças. Mas toda vez que enfrenta um grande perigo descobre que se tratava apenas de algum elemento prosaico do cotidiano. Combate contra o que pensa serem gigantes poderosos agitando braços enormes, mas na verdade são moinhos de vento movendo suas pás, investe contra exércitos que não passam de rebanhos de carneiros, enfrenta guardas de verdade que transportavam bandidos perigosos para a prisão e acaba libertando assassinos que julgava vítimas de maus-tratos. Em suas aventuras, questiona o certo e o errado, o direito e o torto, mas também faz com que nos emocionemos com a dimensão da solidariedade humana e da compaixão pelo semelhante, com a sede de justiça e a ânsia do bem. Muito mais: celebra a amizade, criando com Sancho Pança, o camponês que lhe serve de escudeiro, uma dupla imortal que é uma síntese do ser humano em suas dualidades: espírito e matéria, cabeça-nas-nuvens e pé-no-chão, desprendimento e ambição, sofisticação e simplicidade, filosofia e espírito prático, erudição e ignorância, aristocracia e popularismo. Ao longo da narrativa, os dois vão se contaminando pelo convívio, a tal ponto que nos episódios finais do livro Dom Quixote não tem mais visões e desconfia de tudo, enquanto Sancho, cego pela vontade de ter poder, cada vez se engana mais e acaba se aliando a estranhos para tentar enganar o cavaleiro. Realidade e ilusão se misturam totalmente. Mas, ao mesmo tempo, na segunda parte do livro, os dois personagens sabem que são personagens, que suas aventuras estão sendo contadas por Cervantes e fazendo sucesso com muita gente — começam então a comentar criticamente suas próprias peripécias, num vertiginoso mergulho pela consciência dos próprios atos.

Por tudo isso, entre tantas outras coisas maravilhosas deixadas para nós todos como herança por essa obra-prima de Cervantes, sempre celebrada por suas qualidades filosóficas e humorísticas, talvez possamos destacar esses dois aspectos fundamentais: a celebração da lenta construção de uma amizade verdadeira entre pessoas muito diferentes e a permanente interrogação sobre os limites do sonho e da realidade.

Por tudo isso, só resta dar razão, mais uma vez, a Harold Bloom quando afirma que ler *Dom Quixote* é um prazer inesgotável e que existem partes de si mesmo que o leitor não conhece totalmente enquanto não conhecer Dom Quixote e Sancho Pança o melhor que puder.

Notas

[1] John Fowles, *Wormholes: Essays and Occasional Writings,* Nova York, Henry Holt and Company, 1998.

CAPÍTULO 6

MUNDOS DESCOBERTOS E SONHADOS

"É que toda a vida é sonho
E os sonhos, sonhos são."

O dramaturgo espanhol Calderón de la Barca afirmou isso em sua peça *La Vida es Sueño,* escrita numa época que ficou conhecida como o Século de Ouro espanhol (embora, a rigor, cobrisse mais de cem anos), de tantos gênios que viu florescer. Entre eles, grandes nomes da poesia como Luís de Gongora e Francisco de Quevedo, teatrólogos geniais como o próprio Calderón ou Lope de Vega, pintores como El Greco e Velázquez. Muito rica com o ouro que vinha da América recentemente descoberta, a Espanha multiplicava palácios esplêndidos, altares riquíssimos em suas igrejas, criava obras de arte magníficas e dominava os mares com uma esquadra poderosíssima que era chamada de "Invencível Armada".

Quem finalmente acabou derrotando seus navios foi a outra potência marítima que então também estava em ascensão e disputava com os espanhóis o domínio das rotas de navegação — a Inglaterra. Sob o reinado da rainha Elisabeth I, o país se expandia e vivia uma época de apogeu. Não apenas comercial, econômico e político, mas também cultural. Evidentemente, esse momento também iria nos legar grandes obras.

O maior escritor da época elisabetana deixou para sempre sua marca na cultura mundial. Foi ele o inglês William Shakespeare, considerado o maior dramaturgo de todos os tempos. Como se estivesse se antecipando em alguns anos aos versos de Calderón de la Barca citados no início do capítulo, Shakespeare garantiu em outra peça: "A vida é apenas um sonho." Muitas vezes, esse sonho assumia a forma do próprio teatro: "A vida é um palco." Ou de uma história — "A vida é um conto, cheio de som e fúria, contado por um idiota, e que não significa nada", diz ele pela boca de um personagem. Sonhos, peças, histórias — sempre peças de ficção.

Os tempos modernos surgem justamente com esse questionamento sobre o real e o imaginário, essa desconfiança em relação a certezas que vinham sendo aceitas como verdades e que o espírito humano começava a desafiar. Era como se a descoberta de novos mundos, trazida pelo aumento do comércio europeu com o Oriente no final da Idade Média e pelas grandes navegações que marcaram o início do Renascimento, tivesse abalado as ideias absolutas que dominaram a época anterior. Esses encontros com outras civilizações e com povos e culturas diferentes por um lado mostraram a diversidade humana existente e, por outro lado, alimentaram a imaginação com possibilidades infinitas.

Vários dos livros fascinantes que surgiram nesse encontro de tempos e mundos diferentes podem ser lidos até hoje, causando grande prazer ao leitor — mesmo crianças e adolescentes que deles se apropriaram. Muitos deles (como *O Livro das Maravilhas* de Marco Polo, ou *As Viagens de Gulliver*, por exemplo) praticamente se converteram em livros infanto-juvenis e são muito mais conhecidos atualmente em suas versões condensadas ou adaptadas do que na totalidade mais complexa da forma original.

O mesmo se pode dizer de uma fascinante coletânea de histórias orientais, predominantemente persas e árabes, constituindo *As Mil e Uma Noites.* No Oriente, essa compilação deve datar de algum momento entre os séculos XII e XIV, mas só foi revelada ao Ocidente pela primeira vez em 1704, por meio de uma tradução francesa. Vários dos contos mais célebres que compõem esse volume, como *Ali Babá e os 40 Ladrões*, ou *Aladim e a Lâmpada Maravilhosa*, ou *O Pescador e o Gênio*, ou *As Aventuras de Simbad, o Marujo,* foram encampados pelas crianças, como se tivessem sido escritos especialmente para elas. Mas, além das mais famosas, há muitas outras histórias esplêndidas nesse livro e existem hoje em dia muitas versões diferentes e pouco conhecidas, com belas ilustrações ao alcance de diferentes idades.

Outro clássico oriental que também pode ser lido atualmente pela garotada, devido à existência de adaptações ao seu alcance no mercado editorial brasileiro, é *A Epopéia de Gilgamesh*, uma das narrativas mais antigas que se conhecem — contemporânea do Antigo Testamento da Bíblia e de remotos mitos gregos. Trata-se de um mito que remonta aos tempos heroicos da Babilônia e pode ser encontrado em versão bem acessível, de grande impacto visual.

Já as *Viagens de Marco Polo*, muito mais recentes, poderiam ser vistas inicialmente como uma grande reportagem. O jovem Marco foi um mercador que na adolescência acompanhou seu pai e seu tio em uma caravana comercial que foi por terra ao Oriente. Mais tarde, organizou sua própria expedição a terras ainda mais distantes. Posteriormente, contou toda a viagem que tinha feito e as maravilhas que tinha visto em suas andanças por lugares muito diferentes — onde hoje ficam países como a Turquia, o Afeganistão, o Paquistão, a Índia, a China e o Japão. Além de fazer uma espécie de reportagem detalhada sobre os lugares por onde passava, Marco Polo também incluiu em seu livro observações sobre os costumes, as culturas e os povos que visitou. E como ficou muitos anos morando na China, onde fez amizade com o imperador e foi até mesmo seu embaixador, nos deixou um relato fascinante sobre tudo o que viu por lá. Escrito no final da Idade Média, seu livro foi tão importante que acendeu em muitos jovens o desejo de viajar e explorar novos mundos. Alguns deles, como Cristóvão Colombo, não sossegaram enquanto não seguiram o exemplo de Marco Polo.

Mas o grande clássico das navegações foi escrito por um português, Luís de Camões. Canta os grandes feitos lusitanos, desde a história anterior até os grandes descobrimentos marítimos. Por isso mesmo, chama-se *Os Lusíadas*. É muito bem escrito, todo em versos rigorosamente rimados e metrificados, seguindo o modelo das epopeias antigas, como a *Eneida* de Virgílio. Muito bonito, mas numa linguagem difícil, cheia de termos e construções da língua portuguesa da época, que não se usam mais. No Brasil, até alguns anos atrás, os colégios obrigavam os alunos a trabalhar sobre esse texto, fazendo análise sintática dos períodos mais complicados, e o resultado é que todo mundo ficou com horror dessa leitura. Mas mesmo sem ter que fazer análise sintática dos versos, evidentemente não é leitura para jovens. Existem, porém, algumas adaptações bem-feitas do enredo, apenas recontado em suas peripécias, naufrágios, enfrentamento de tempestades, encontros misteriosos e histórias de amor. E aí a gente descobre que pode ser mesmo muito interessante e empolgante. Vale a pena dar uma olhada. Se mais adiante, um dia, o leitor quiser dar uma conferida no original — nem que seja para ler apenas alguns episódios — já tem uma visão geral da obra. Se nunca mais tiver essa curiosidade, pelo menos já ficou com uma boa noção do livro que é considerado uma obra-prima da língua portuguesa e uma epopeia marcante e fundadora. Um bom professor ou um pai entusiasmado pode até combinar as duas coisas: depois que o jovem ler a versão resumida e adaptada em prosa, pode ter contato (e tentar decifrar junto, como num jogo) com um dos episódios em verso. Nesse caso, os mais atraentes são o de Inês de Castro ("a que depois de morta foi rainha", origem da expressão "Agora é tarde, Inês é morta") ou o do Gigante Adamastor.

* * *

Novos mundos visitados também deram substância ao sonho coletivo, acenando com possibilidades desconhecidas em terras misteriosas. Quem não estava contente com o mundo em volta, a sociedade real, verificava que havia povos vivendo de forma muito diversa. Uma espécie de oferta de modelos alternativos. Era possível sonhar com mundos inteiramente diferentes. Com lugares que não existiam, mas poderiam, quem sabe?, um dia existir.

O mais famoso desses mundos inexistentes foi inventado por um filósofo inglês chamado Thomas Moore (também conhecido pelo seu nome latino Tomas Morus). Era, por definição, o lugar que não há, o não-lugar, que recebeu o nome de *Utopia* (*topus* significa lugar em grego), que também é o título do livro que o descreve. Era uma palavra que também não existia, totalmente inventada, mas ficou para sempre em todas as línguas. *Utópico* virou sinônimo de sonho coletivo bom, estado social desejável. Porque a vida em Utopia era perfeita, com uma organização social justa e todos os problemas políticos e econômicos perfeitamente resolvidos. Como o livro é muito tênue em termos de narrativa, nele acontecem poucas peripécias e por isso não apresenta versões especiais para jovens, diferentemente de todos estes outros clássicos sobre os quais estamos falando. É que, na verdade, trata-se de uma obra descritiva e filosófica — embora de leitura surpreendentemente acessível, em prosa clara e cristalina, linguagem direta, imagens transparentes. Assim, ninguém vai dar *Utopia* para uma criança ler. Mas é bom saber que o livro existe, é dessa época, e fundou uma longa linhagem de sonhos com mundos melhores. E alguns de seus trechos escolhidos podem perfeitamente ser oferecidos para leitura adolescente por um professor entusiasmado — os bons resultados podem surpreender e deixar uma marca duradoura em ambas as partes.

Aliás, posso muito bem aproveitar para fazer um parêntese aqui nesta nossa conversa e falar um pouco dessa alegria do magistério. O professor tem sido tão desprestigiado e mal pago em nosso país que a gente muitas vezes acaba esquecendo o quanto essa profissão tem de paixão e quanto traz de recompensa afetiva. Provavelmente fizemos muito bem em esquecer disso por um tempo, ou pelo menos deixar esse aspecto em segundo plano, porque foi de praxe apelar para coisas como "o sacerdócio do magistério" ou "a mestra é uma segunda mãe" a fim de justificar a inaceitável falta de apoio, os baixos salários, o descaso na formação dos professores, as péssimas condições de trabalho da classe. Mas quem ensina sabe que não escolheu essa profissão exatamente porque nela via uma oportunidade para ficar rico e realizar todos os sonhos de consumo apregoados pela televisão. Precisa, merece e deve poder viver com dignidade — isso é óbvio e nem se discute. Porém o que faz alguém preferir a sala de aula e não o consultório do dentista, o escritório ou a bolsa de valores como local de trabalho tem a ver com outras coisas. Uma delas é a alegria de compartir descobertas com a juventude. Lecionar literatura é uma permanente viagem por esse oceano de emoções. Nessa perspectiva, um encontro com um trecho escolhido de Thomas Moore pode ser um momento muito especial e inesquecível. Ou seja — mesmo que o jovem não vá ler esse clássico diretamente, é muito bom que o professor (de línguas, de história, de geografia, não importa) o procure e traga o trecho que escolher. Vale a pena.

Fechamos o parêntese lembrando que os mundos sonhados pela literatura logo depois do Renascimento não precisavam necessariamente ser filosóficos, teóricos e coletivos. Muitas vezes foram evocados apenas por histórias divertidas, inventivas, bem narradas, cheias de imaginação.

As Viagens de Gulliver, do irlandês Jonathan Swift, são um exemplo disso. A mais conhecida delas é a que narra as aventuras de *Gulliver em Liliput*, quando o herói naufraga e vai parar numa ilha habitada por pessoas minúsculas, mas em tudo iguais a nós, apenas com o tamanho reduzido. Em suas diferentes adaptações, tornou-se um clássico infantil imperdível. Mas Gulliver também viajou por outras terras, encontrando povos bem diferentes, como gigantes, ou cavalos falantes, inteligentes e racionais. Em todas elas, o autor aproveitou para criticar os males que via na sociedade em que vivia, usando o humor na construção de uma poderosa e corrosiva sátira social.

Essa exploração de utopias, por meio da imaginação de mundos alternativos, passaria a ser uma vertente muito fecunda na literatura. No século XX, quando o planeta Terra já estava todo descoberto e mapeado, perdendo assim seus mistérios e diminuindo a possibilidade de apresentar de repente uma ilha desconhecida com uma sociedade toda constituída de forma diferente, que pudesse servir de modelo (positivo ou negativo, a ser seguido ou evitado), essa ideia se transferiu para outros planetas — ou outros tempos. A ficção científica tem explorado bastante essas perspectivas — e não apenas em filmes.

Enquanto escrevo, uma adolescente aqui ao meu lado me fala entusiasmada de duas histórias dessas que leu aos 16 anos e recomenda. Ambas têm números em seus títulos. A primeira tem o nome de uma data, *1984*, de George Orwell (de onde veio o terrível personagem Big Brother, o grande olho que tudo vê, o grande ouvido que tudo ouve). A segunda evoca uma medida do termômetro, *Fahrenheit 451*, de Ray Bradbury — um conto belíssimo. É a temperatura em que o papel queima. A narrativa se passa num futuro em que os livros são proibidos e há brigadas de bombeiros para incendiar algum exemplar que eventualmente se encontre. Um mundo sem a palavra escrita é o pesadelo temido pelo autor.

Eu também tinha em torno de 16 anos quando li dois dos livros de ficção científica que mais me impressionaram com essas possibilidades ameaçadoras. O primeiro foi *A Guerra dos Mundos*, de H. G. Wells — que hoje parece até um pouco ingênuo depois de tantos filmes-catástrofes cheios de efeitos especiais. Mas o efeito que Wells conseguia criar em meu espírito apenas com palavras continua vivo. Mais vivo ainda, evocado com frequência e resistindo a releituras, segue sendo imbatível o outro livro: *Admirável Mundo Novo*, de Aldous Huxley, em que o adjetivo "admirável" no título é puramente irônico. Volta e meia me assusto ao constatar quanto Huxley tinha de profético ao pintar essa sociedade futura, em que os homens teriam a obrigação de ser felizes, contando com a ajuda de drogas e de laboratórios capazes de tudo. Outros mestres da ficção científica também criaram histórias fascinantes que se tornaram clássicas do gênero — com destaque especial para *Eu, Robô*, de Isaac Asimov, e *2001*, de Arthur C. Clarke. Muito menos famoso, de um autor que nem consigo lembrar, mas ótimo e perfeitamente acessível para um leitor de uns 10 anos fazer uma iniciação ao gênero, é *A Humanidade Artificial*. Era editado pela Hemus. Criei e fui sócia de uma livraria infantil por 18 anos. Esse foi um livro que vendemos muito por lá no começo da década de 1980, depois saiu de catálogo e sumiu — só pode ser encontrado em alguma biblioteca. Se cair em suas mãos, comemore e saia lendo.

E pensar que tudo isso se iniciou lá no Renascimento, com a *Utopia*, de Thomas Moore... Mas é que no mundo da literatura, as coisas são sempre assim, funcionam como numa rede, vão se ligando e interconectando, dando origem a outras, voltando, saindo lateralmente. É sem fim...

Estávamos falando das navegações, das descobertas de outras terras e do sonho de começar de novo, construindo um mundo diferente — assuntos que se expandiram muito no início dos tempos modernos. Em pouco tempo, esses motivos se misturaram com o tema da sobrevivência de naufrágios — que possibilitava alguém zerar tudo e obrigava a fundar uma nova vida em novo ambiente. Essa ideia teve grande popularidade e foi desenvolvida em vários livros que se tornaram clássicos — dos quais o mais famoso, sem dúvida, foi *Robinson Crusoé*, do inglês Daniel Defoe, de que falaremos adiante.

Mas antes ficou faltando dar um pouco mais de atenção a outro inglês, renascentista, que só mencionamos de passagem — William Shakespeare. Não há clássico mais completo, de obra mais variada. A maioria de suas peças tem uma complexidade que não pode ser apenas resumida às peripécias do enredo e, de qualquer modo, como escrevia numa linguagem poética deslumbrante, perde muito ao ser condensado. O verdadeiro encontro com sua obra, em profundidade, vai se dar mais tarde.

Muitas de suas peças, no entanto, podem encantar adolescentes quando lidas numa boa adaptação — e existem várias disponíveis no mercado, tanto em antologias quanto em volumes isolados.

Essa leitura, embora incapaz de substituir o deslumbramento de beleza que é o contato direto com a palavra poética do autor, pode funcionar muito bem em dois níveis diferentes. Pode ser um primeiro encontro com o mundo shakespeariano, que acenda a vontade de mais tarde voltar a ele. Ou pode ser o único encontro, de alguém que não se interessa muito por livros e mais adiante vai abandoná-los para sempre — pelo menos fica tendo uma ideia geral de algumas coisas que Shakespeare criou, aproveita um pouco da parte que lhe cabe na tal herança literária que estamos celebrando.

De qualquer modo, convém não esquecer que, no caso de Shakespeare, esse primeiro contato com sua obra pode se fazer de outra maneira — por meio de filmes e vídeos. Como ele escrevia para teatro, e suas peças continuaram sempre sendo montadas através dos tempos, na hora em que surgiu o cinema houve também muitas versões de seus textos feitas especialmente para a tela. Muitas delas, excelentes. De vez em quando, alguém filma novamente uma de suas histórias. Uma pesquisada numa boa locadora de vídeos pode revelar preciosidades mais antigas, além de algumas versões contemporâneas interessantíssimas de diferentes peças de Shakespeare. Navegar pelos clássicos não significa apenas leitura de livros. O cinema tem nos trazido bons filmes inspirados neles, em versões mais ou menos fiéis, mas que não devem ser esquecidas como possibilidade de contato com esse tesouro.

Citávamos histórias de naufrágios e Shakespeare também trata disso. *A Tempestade*, por exemplo, se passa numa ilha não tão deserta, onde os passageiros de um navio que afundou refazem suas relações, sofrendo a influência das novas circunstâncias e tendo contato com misteriosos habitantes que são espíritos do bem e do mal. Foi a última peça escrita por ele, obra de plena maturidade. Para muitos, é sua obra-prima. Ao mesmo tempo, é uma celebração do poder da imaginação e um questionamento de sua serventia. Uma verdadeira síntese dos diversos temas que se entrecruzam no encontro entre a ilusão e a realidade.

Já *A Noite de Reis* também começa com um naufrágio, mas é uma história mais leve e bem diferente, uma comédia sobre desencontros amorosos. Muito mais do que os desencontros, o que constitui o eixo de outra comédia (*A Megera Domada*) são os embates acalorados entre Catarina e Petrúquio, e o intenso confronto entre os dois. O resultado é uma comédia feroz e engraçadíssima a partir de um tema comum na época, a mulher rebelde que não quer obedecer ao marido. Choques de vontades fortes opondo os dois sexos e equívocos de amor também são abordados em *Muito Barulho por Nada* ou no delicioso *Sonho de uma Noite de Verão*, onde esse tema dos quiproquós entre namorados se mistura de forma encantadora a heranças da mitologia grega e a elementos do folclore inglês numa divertidíssima história de fadas, namoros e palhaçadas.

A principal peça de Shakespeare sobre o amor, porém, não é uma comédia: *Romeu e Julieta*. A trágica história do amor proibido de dois adolescentes ficou para sempre como o mais perfeito símbolo de amor total. É irresistível, comovente, belíssima e merece ser lida por todo jovem. Outro aspecto do amor, o ciúme, é o tema de *Otelo*, também fascinante para essa faixa de idade — ainda mais porque também discute algumas questões cruciais com as quais o ser humano começa a se defrontar nessa época da vida: a hierarquia, a obediência, a influência de companhias que não merecem a amizade, o poder das intrigas, o impulso de agir antes de pensar ou de condenar sem dar oportunidade de defesa.

Outra grande tragédia muito comovente é *O Rei Lear*, também desenvolvendo alguns desses aspectos do comportamento humano, trata do amor entre pais e filhos e também da disputa pelo poder — um tema shakespeariano fundamental, magnificamente abordado em *Hamlet*, em *Macbeth*, em *Júlio César*, entre outras peças. Mas no caso de *O Rei Lear*, alguns elementos aproximam um pouco essa tragédia de uma possibilidade de leitura muito rica por parte de leitores jovens. Entre eles, podemos citar o desencontro doloroso entre pai e filha, o fascínio da marginalidade vivida pelos loucos, e até mesmo o aparente tom de conto de fadas da situação, já que há mesmo um cruzamento dos dois gêneros e a história poderia ser contada assim:

> Era uma vez um rei que tinha três filhas. Como estava ficando velho, precisava decidir qual das três herdaria a coroa. Um dia, decidiu reuni-las e anunciou que iria submetê-las a uma série de provas. Quem ganhasse o sucederia no trono.

CAPÍTULO 7

ENCANTOS PARA SEMPRE

As histórias populares que chamamos de contos de fadas constituem uma categoria diferente entre os clássicos. Em geral, não são encaradas pelos críticos e pela academia com a mesma nobreza e prestígio dos livros que viemos mencionando até aqui, mas poucas obras são tão conhecidas e exerceram tamanha influência sobre nossa cultura. Além disso, poucas também foram, sempre, tão oferecidas às crianças. Talvez justamente seja essa a causa e o efeito de não terem tanto prestígio e nobreza. Muitas vezes, são consideradas apenas "histórias infantis" e, por isso, vistas como pouco importantes. Outras vezes, ocorre o processo inverso: por serem consideradas pouco importantes e sem nobreza literária, se acha que podem então ser destinadas às crianças.

Duplo preconceito. E inteiramente equivocado. Por um lado, não foram escritas com o objetivo específico de procurarem a garotada como público-alvo. Por outro lado, o alto nível de sua qualidade artística e a sua força cultural são atestados pela sua universalidade e sua permanência. Só para darmos um exemplo: conhecia-se uma versão de *Cinderela* no antigo Egito e, na mesma história, o motivo do pé pequenino que seria o único a caber num sapatinho de cristal, muito provavelmente, vem da antiga China, onde existia o costume de comprimir os pés femininos para não crescerem, como ideal de beleza.

Esses preconceitos se explicam, provavelmente, pelo fato de que esses contos são criações populares. Isso significa que foram feitos por artistas do povo, que ficaram anônimos, não por escritores que ganharam a celebridade e o reconhecimento. E que trabalharam coletivamente — quem contava um conto aumentava um ponto, acrescentava uma situação, modificava um detalhe, repetia um elemento. Não foram obras de um único autor, consciente de seu ofício, trabalhando elaboradamente em cima de uma ideia. Durante muitos e muitos séculos, nem ao menos foram escritos. Sobreviveram e se espalharam por toda parte graças à memória e à habilidade narrativa de gerações de contadores variados, que dedicavam parte das longas noites do tempo em que não havia eletricidade para entreter a si mesmos e aos outros contando e ouvindo histórias.

Sua origem deve ser muito antiga. Para muitos estudiosos, estão associadas a alguns ritos das sociedades primitivas — sobretudo ritos de passagem de uma idade para outra, ou de um estado civil a outro. Por isso, guardariam tantas marcas simbólicas da puberdade e do início da atividade sexual. A insistência no sangue feminino (as gotas sobre a neve, que caem do dedo da mãe que borda ao se iniciar *Branca de Neve*, ou de *A Bela Adormecida* que se pica no fuso de uma roca) e no vermelho (como em *Chapeuzinho Vermelho*, ou a rosa de *A Bela e a Fera*), por exemplo, seriam vestígios da primeira menstruação. O pé de feijão que cresce incontrolavelmente durante a noite, a torre alta que se ergue solitária, ou o enfrentamento de dragões e gigantes (figuras paternas) que devem ser derrotados, por outro lado, se refeririam a ritos de puberdade masculina.

Várias histórias têm a estrutura de uma série de provas que devem ser vencidas pelo herói — muitas vezes perdido no bosque tendo que encontrar seu caminho, como faziam algumas sociedades com os adolescentes, para depois recebê-los no seio do mundo adulto. E a grande maioria delas acompanha um processo de afirmação individual, de alguém que começa fraco e indefeso como uma criança, dependendo totalmente da ajuda dos mais velhos, e vai aos poucos superando os obstáculos que encontra no caminho, revelando sua astúcia, sua bondade, suas qualidades morais positivas, até ser considerado apto a exercer o papel de alguém maduro na sociedade: constituir sua própria família, casando e sendo "feliz para sempre".

Essas histórias corriam por todo canto e, de vez em quando, serviam de tema para que algum escritor se inspirasse nelas e desenvolvesse sua própria narração. Algumas foram recolhidas ou mencionadas de passagem em antologias — como fez o romano Apuleio em *O Asno de Ouro*. Ou o italiano Gianbattista Basile, que seguiu o modelo famoso de Boccaccio em seu *Decameron* e escreveu um *Pentameron*, em que várias pessoas se reuniam em uma situação fechada para uma verdadeira maratona de contar histórias. Várias delas eram versões de alguns dos mais famosos contos de fadas de hoje.

Na França do século XVII, algumas mulheres se dedicaram a recolher essas histórias que as encantavam e a lhes dar uma forma mais literária, intercalando-as também com outras que inventavam. As mais famosas dessas autoras foram Mademoiselle Lhéritier e Madame d'Aulnoy. Mas quem iria realmente se celebrizar por fazer isso foi outro francês, Charles Perrault, que seguiu esse exemplo e em 1697 recontou e publicou alguns poucos desses contos, especialmente para as crianças da corte real, narrando-os em finos versos ou prosa burilada, e fazendo com que todos se acompanhassem de uma moral. Embora abrangendo um número bastante reduzido de contos de fadas, apenas 11, a obra de Charles Perrault associou para sempre o nome do autor e o gênero, com versões imortais de *Chapeuzinho Vermelho, A Bela Adormecida, O Pequeno Polegar, Barba Azul, As Fadas, O Gato de Botas, Pele de Asno, Cinderela, Os Desejos Ridículos, Riquete de Topete...*

Mais de um século depois, em 1802, na Alemanha, foi feita outra coletânea dessas histórias populares. Muito mais extensa e completa, reunia 210 contos. Organizada por Wilhelm e Jacob Grimm, dois irmãos que eram pesquisadores e filólogos além de escritores, essa antologia tinha outra grande diferença em relação à obra de Perrault: não se destinava à leitura da corte, mas tinha como objetivo preservar um patrimônio literário tradicional do povo alemão e colocá-lo ao alcance de todo mundo. Essa intenção era evidente desde o próprio título do livro (*Contos para o Lar e as Crianças*). Com esse objetivo, os contos eram narrados em prosa e numa linguagem bem próxima da oralidade, de um jeito parecido ao que era falado pela gente do povo que contava essas histórias havia séculos, e com quem as pesquisas dos irmãos Grimm tinham ido buscar as diversas narrativas. Mas esses relatos todos já existiam, espalhados pela Europa em diferentes versões. O grande trabalho dos autores foi compilar esse material, coletado com cuidado, e recontá-lo com o máximo de fidelidade possível, bem próximo à linguagem dos contadores populares. Além de outras versões dos contos que já constavam da obra de Perrault, os irmãos Grimm ajudaram a trazer até nós alguns contos de fadas absolutamente eternos e conhecidíssimos até hoje. Entre eles, *Branca de Neve, O Rei Sapo, Os Cisnes Selvagens, Os Músicos de Bremen* (que tornou a fazer muito sucesso recentemente em adaptação de Sergio Bardotti e Chico Buarque, com o nome de *Os Saltimbancos*), *O Alfaiate Valente, Rumpeltistiskin, João e Maria, A Guardadora de Gansos.*

Algumas décadas depois, outra grande antologia de contos de fadas surgiu também na Europa. Mais exatamente, na Dinamarca. O responsável por ela foi Hans Christian Andersen. Mas embora normalmente se considere a trindade Perrault-Grimm-Andersen como o grande trio responsável pela compilação e difusão dos contos populares, o dinamarquês apresenta uma grande diferença em relação aos outros dois. Tanto, que é muitas vezes chamado de "o pai da literatura infantil".

É que Andersen, diferentemente de Perrault e dos irmãos Grimm, não se limitou a recolher e recontar as histórias tradicionais que corriam pela boca do povo, fruto de uma criação secular coletiva e anônima. Ele foi mais além e criou várias histórias novas, seguindo os modelos dos contos tradicionais, mas trazendo sua marca individual e inconfundível — uma visão poética misturada com profunda melancolia. Assim, seu livro, além de contos de fadas compilados nos países nórdicos, trazia também novidades como *O Patinho Feio, A Roupa*

Nova do Imperador, Polegarzinha, A Pequena Sereia, O Soldadinho de Chumbo, O Pinheirinho e tantas outras.

Essa possibilidade acendeu a imaginação de outros autores. A partir daí, pela primeira vez, algumas obras começaram a ser criadas especialmente para a leitura infantil, sem intenção didática. Por outro lado, grandes escritores consagrados em outros gêneros também se aventuraram a desafiar os preconceitos e fazer incursões criativas pelos contos de fadas — como o inglês Oscar Wilde, por exemplo, que nos deu algumas obras-primas como *O Rouxinol e a Rosa, O Príncipe Feliz* e *O Gigante Egoísta.*

Na segunda metade do século XX, o grande escritor italiano Italo Calvino se dedicou também a um projeto de compilação nacional de contos de fadas que anteriormente só tinham sido recolhidos regionalmente e organizou *Fábulas Italianas*, um volume imperdível. Existem ainda antologias de contos de fadas de várias nacionalidades: russos, chineses, irlandeses. Sempre uma leitura fascinante. O tipo do clássico que deve ser conhecido desde cedo.

Isso ninguém discute. O que se discute é como. Basta assistir ao desenho animado? É suficiente ler uma versão ou episódio simplificado, ilustrado pela Disney? Essas histórias não são violentas demais para se apresentar às crianças? Será que essas narrativas não são muito bobinhas e antigas para as crianças de hoje, muito mais sofisticadas intelectualmente e mais informadas, em plena era dos computadores?

Essas são algumas das dúvidas mais frequentes que surgem nos adultos quando se fala em contos de fadas. Outras são de outra espécie e questionam a própria possibilidade de se aceitar o estímulo à imaginação como algo conveniente na educação dos pequenos. Ou então, misturam exigências ideológicas com o prazer de contar e ouvir histórias, exigindo delas padrões de correção política que entram em conflito com o universo narrativo em que essa tradição se movimenta.

Entre as perguntas desse segundo tipo, algumas também se repetem. Será que devemos incentivar o escapismo e a fantasia dos contos de fadas num mundo em que a realidade mostra tantos problemas sociais e econômicos, e tanta gente sofrendo? Não seria uma forma de fuga? Não é um absurdo contar histórias cheias de reis, rainhas, príncipes e princesas, como se fosse desejável ser nobre e morar em palácios, esquecendo as favelas, as casas populares e os sem-teto que nem ao menos têm um lugar para viver? Não é um acinte apresentar as mulheres como umas eternas bobocas à espera de um príncipe encantado que tome todas as iniciativas e de quem depende sua salvação? Não é antiecológico apresentar o Lobo como um vilão, já que se trata de uma espécie animal ameaçada e que precisa ser protegida? Não seria melhor "passar a limpo" essas histórias e só apresentá-las às crianças em versões mais "aconselháveis", em que o Lobo não é mau e não come Chapeuzinho Vermelho, por exemplo?

Podemos admitir que algumas dessas perguntas têm uma certa pertinência e as pessoas que as formulam podem até estar cheias de boas intenções. Mas é indispensável reconhecer que também estão carregadas de equívocos e impregnadas de mal-entendidos, que convém tentar esclarecer e desfazer.

Para discutir esse problema, a primeira coisa a lembrar é que estamos falando de uma forma de literatura. Literatura popular e que inicialmente era oral — mas, de qualquer forma, literatura. Uma manifestação artística por meio das palavras. Uma forma de produção cultural que tem seu próprio sentido, lentamente elaborado pelos diferentes elementos da narrativa, à medida que a história se desenrola e se encaminha para seu final, consolidando seu significado profundo.

Esse significado pode não ser consciente por parte do artista ou dos artistas que a criaram. Raramente essas coisas se passam obedecendo a planos pré-traçados ou a uma vontade explícita de passar alguma mensagem, diferentemente do que às vezes se pensa. Mas, de qualquer maneira, toda narrativa literária se constrói em cima de elementos que vão se correspondendo de modo coerente e que aos poucos vão erigindo um edifício de sentido. É para isso que o homem conta histórias — para tentar entender a vida, sua passagem pelo mundo, ver na existência alguma espécie de lógica. Cada texto e cada autor lidam com elementos diferentes nessa busca, e vão adequando formas de expressão e conteúdo de um jeito que mantém uma coerência interna profunda que lhe dá sentido. Mexer neles é alterar esse sentido. Muitas vezes, equivale a transformar a nova versão em alguma coisa esdrúxula, sem pé nem cabeça.

Os clássicos claramente destinados aos adultos são geralmente mais respeitados, mesmo ao serem condensados e adaptados para a juventude. Os eventuais adaptadores costumam fazer uma certa cerimônia com eles, não se acham no direito de adulterá-los com tanta profundidade como fazem com as obras para a infância. Talvez apenas por medo de serem criticados e execrados publicamente. Mas o fato é que respeitam mais. No entanto, quando se trata de histórias já de saída consideradas infantis, como é o caso dos contos de fadas, é bastante frequente que surjam resultados que são um total absurdo, saído de cabeças que desejam censurar e exercer seu poder sobre os pequenos e que não revelam grandes doses de sensibilidade ou inteligência para lidar com um material tão precioso.

Essas versões expurgadas dos contos de fadas, em nome do moralismo, do didatismo, do realismo ou do "politicamente correto", na melhor das hipóteses costumam combinar duas características que não são apenas uma rima, mas uma lástima: arrogância e ignorância.

A arrogância desses adaptadores está em se considerarem donos da verdade, mais sábios e muito melhores do que aqueles que os precederam, superiores a gerações e gerações de criadores que vieram lentamente estabelecendo as versões que conhecemos dos contos de fadas. Os autores originais, geralmente gente do povo, de pouca instrução, muitas vezes camponeses, predominantemente mulheres, eram humildes contadores de histórias tradicionais. Despretensiosos, prestaram um imenso serviço cultural à humanidade, preservando esse riquíssimo acervo de contos populares até os nossos dias. Não está certo que agora um candidato a autor ou pretenso pedagogo se invista unilateralmente do poder de modificar essa criação, e queira fazer crer a todas as gerações posteriores que é melhor do que eles — seja poupando o Lobo de engolir a avó, seja fazendo Cinderela ficar amiguinha das irmãs. Em alguns casos, a intromissão não se limita a apenas cair no ridículo, mas chega a extremos perniciosos, como numa versão que pasteuriza o abandono de João e Maria na floresta (assim poupando os pais do papel ativo e terrível que desempenhavam na versão tradicional) e, com isso, faz com que as crianças se percam por serem desobedientes e passem a ser as únicas culpadas de todos os males que lhes acontecem. Como se isso não bastasse, em seguida essa adaptação ainda vai mais longe e evita que as crianças empurrem a bruxa no fogo, impedindo o efeito catártico de um castigo bem dado ao vilão cruel e entravando o sentido profundo da história, segundo o qual chega um dia em que as crianças crescem, se viram sozinhas, não se deixam mais explorar, fazem justiça e passam a prover o sustento dos próprios pais. Não se mexe nessas coisas impunemente. Dá em disparate — no caso, outro nome para o desastre literário e psicológico.

A ignorância é que explica essas interferências, na maioria das vezes. A intenção era boa. Mas com frequência o adaptador dessas histórias, por não estar acostumado a conviver de perto com muita leitura, passa por cima do fato de que não se lê literalmente. Quem não tem intimidade com livros ignora isso.

* * *

Ler uma narrativa literária (como ninguém precisa ensinar, mas cada leitor vai descobrindo à medida que se desenvolve) é um fenômeno de outra espécie. Muito mais sutil e delicioso. Vai muito além de juntar letras, formar sílabas, compor palavras e frases, decifrar seu significado de acordo com o dicionário. É um transporte para outro universo, onde o leitor se transforma em parte da vida de um outro, e passa a ser alguém que ele não é no mundo cotidiano.

Vários estudiosos já se ocuparam disso. Um deles, o crítico inglês Coleridge, usou uma expressão muito citada para se referir a esse estado que passa a unir autor e leitor, ao dizer que eles fazem uma espécie de pacto de "suspensão da descrença".

Trocando em miúdos: na vida cotidiana, nenhum leitor em sã consciência acredita que o Lobo fala e conversa com a menina ao encontrá-la no bosque. Mas, para efeito de aceitar que a história se desenrole, ele faz de conta que acredita e admite isso — como admite que depois o animal é capaz de conversar com a avó, comê-la inteirinha sem que ela sinta dor e que, no final da história, a velha pode ser retirada com vida de dentro da barriga do animal. Tudo isso é possível no encontro do leitor com o texto literário, porque em literatura esse pacto fica muito claro. Autor/contador e leitor/ouvinte sabem disso perfeitamente. Naquele espaço que estão compartindo na situação de leitura, a linguagem é usada de forma bem diferente de seu emprego cotidiano para situações concretas. Situa-se em outra esfera, significa de modo diferente.

Mesmo uma criança bem pequena, ouvindo *Dona Baratinha* enquanto está sentada no colo da mãe, sabe que a baratinha pode recusar o boi e o cavalo como noivos ou aceitar o ratinho como futuro esposo sem invocar diferenças de tamanho ou de espécie para o acasalamento, e se baseando apenas na perspectiva de ter um companheiro que faça muito ou pouco barulho de noite. Nada disso é para ser entendido literalmente. É tão evidente que nem passa pela cabeça de alguém duvidar. Mesmo dos menorezinhos. A linguagem poética é simbólica, colorida, metafórica. Querer tomá-la ao pé da letra é dar um triste atestado de ignorância sobre como se passam as coisas no processo leitor.

Aceitando essa premissa, uma análise dos contos de fadas tradicionais revela que eles até que não são tão retrógrados assim, como pode parecer ao ideólogo mais superficial e apressado. Simbolicamente, refletem os anseios de ascensão social que caracterizavam a época em que se difundiram — tanto de mulheres condenadas à rotina do trabalho doméstico, quanto das classes menos favorecidas, em geral. Neles, tecelãs, cozinheiras, sapateiros, alfaiates, moleiros, lenhadores, soldados que acabam de dar baixa, pescadores, camponeses, os mais diferentes artesãos, todos estão dispostos a enfrentar um trabalho árduo porque sonham com dias melhores — e um golpe de sorte que lhes dê um empurrãozinho para subir na vida. As diferentes histórias compõem um rico mosaico das relações sociais e mostram a preocupação popular com as condições de vida duras e difíceis. São povoadas de personagens pobres que não têm nada de seu (no máximo, apenas alguma coisa como um gato para quem um par de botas velhas pode ser algo tão maravilhoso que lhe dá superpoderes), tendo que tentar sobreviver em situações de fome e carência. Uma miséria tão extrema que às vezes até força os pais a abandonar as crianças no mato, por falta de comida — como ocorre em *O Pequeno Polegar* ou *João e Maria*.

Outra camada profunda que fica latente sob a linguagem simbólica dos contos de fada tem a ver com os desejos, medos e anseios do ser humano em geral, independentemente de época, classe social, nacionalidade. Daí seu imenso valor psicanalítico, já que por muito tempo eles constituíram a forma mais cômoda e acessível para que as crianças e as pessoas mais simples pudessem elaborar simbolicamente suas ansiedades, angústias e seus conflitos íntimos — como demonstrou Bruno Bettelheim em *A Psicanálise dos Contos de Fadas*.

Essas histórias sempre funcionaram como uma válvula de escape para as aflições da alma infantil e permitiram que as crianças pudessem vivenciar seus problemas psicológicos de modo simbólico, saindo mais felizes dessa experiência. Davam-lhes a certeza de que no final tudo acabava bem e todos iam ser felizes para sempre. Tratam do medo do abandono e da rejeição (como nos dois contos que acabamos de citar ou em *O Patinho Feio*), da rivalidade entre irmãos (como em *Cinderela* ou *A Bela e a Fera*), da vontade de ocupar o lugar do pai ou da mãe. Refletem os eternos conflitos das crianças com imagens contraditórias que têm dos pais, ora vistos como bons e justos, provedores e protetores (reis, cavaleiros, fadas, gênios), ora temidos como entidades muito mais fortes, poderosas, autoritárias e cruéis (gigantes, lobos, dragões, bruxas, madrastas).

Entendidas e aceitas em sua linguagem simbólica, essas histórias de fadas tradicionais se revelam um precioso acervo de experiências emocionais, de contatos com vidas diferentes e de reiteração da confiança em si mesmo. No final, o pequenino se dá bem e o fraco vence. A criança pode ficar tranquila — com ela há de acontecer o mesmo. Um depois do outro, esses contos vão garantindo que o processo de amadurecimento existe, que é possível ter esperança em dias melhores e confiar no futuro.

Conhecer os contos de fadas, além de tudo, permite também que se possa aproveitar plenamente sua ampla descendência, já que esse gênero foi um dos mais fecundos no imaginário popular. Não apenas em novelas e filmes que continuam contando a história de Cinderela ou do Patinho Feio em outra embalagem, mas na própria literatura que a eles volta inúmeras vezes, seja por reimersão e reinvenção desse universo (como fizeram a inglesa Angela Carter e a brasileira Marina Colasanti), seja como pretexto para inspiração (basta lembrar os contos *A Bela e a Fera* de Clarice Lispector, ou *Fita Verde no Cabelo*, de Guimarães Rosa), seja como ponto de partida para paródias críticas e divertidas. Entre nós, algumas boas obras da literatura infantil contemporânea seguiram essa vertente. É o caso de *Chapeuzinho Amarelo* (de Chico Buarque), *A Fada que Tinha Ideias* (de Fernanda Lopes de Almeida), *Procurando Firme* e *O Reizinho Mandão* (de Ruth Rocha), *Onde Tem Bruxa Tem Fada* (de Bartolomeu Campos de Queirós), *O Fantástico Mistério de Feiurinha* (de Pedro Bandeira), para só citar alguns dos mais conhecidos. A imensa carga de significados trazida pelos elementos do conto popular tradicional permite ao mesmo tempo uma grande economia narrativa e uma boa densidade semântica, enriquecendo as possibilidades de se fazer uma paródia a eles e investindo-os de novos sentidos — como eu mesma verifiquei em livros como *História Meio ao Contrário, Passarinho me Contou* ou *O Menino que Espiava pra Dentro.*

Como esses contos tradicionais são os clássicos infantis mais difundidos e conhecidos, a gente sabe que pode se referir a eles e piscar o olho para o leitor, porque ele conhece o universo de que estamos falando. Fica possível, então, fazer paródias aos contos de fadas e brincar com esse repertório, aprofundando uma visão crítica do mundo a partir de pouquíssimos elementos. Mas para que esse jogo literário possa funcionar plenamente, para que o humor seja entendido e a sátira seja eficiente, é indispensável que o leitor localize as alusões feitas, identifique o contexto a que elas se referem e seja, então, capaz de perceber o que está fora de lugar na nova versão. É como uma brincadeira. Não dá para brincar de "pequeno construtor" com quem nunca viu uma casa. Ou seja, nem que seja apenas para poder entender tanta coisa boa que vem sendo escrita hoje em dia a partir de uma reinvenção desse gênero, os contos de fadas continuam sendo um manancial inesgotável e fundamental de clássicos literários para os jovens leitores. Não saíram de moda, não. Continuam a ter muito o que dizer a cada geração, porque falam de verdades profundas, inerentes ao ser humano.

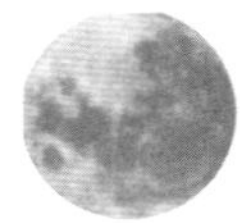

CAPÍTULO 8

UM MAR DE HISTÓRIAS MARÍTIMAS

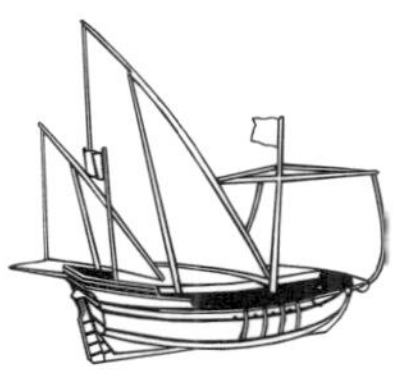

Sempre gostei muito do título de uma antologia de contos clássicos universais que Paulo Rónai e Aurélio Buarque de Holanda deram para uma coletânea, em vários volumes, que fizeram há muitos anos — *Mar de Histórias*. Parece-me que o mar é uma excelente metáfora para a literatura, para os prazeres e desafios que ela nos traz, sua imensidão, sua variedade, sua profundidade, sua beleza sempre nova e mutante, sua capacidade de nos alimentar de forma quase infinita.

Mar e histórias sempre estiveram associados na mente humana. Todo mundo sabe que histórias de pescador costumam ser exageradas, relatos de viagens podem dar comichão de viajar — e ambos atestam que, desde a Antiguidade, quem se fazia ao mar tinha muito o que contar.

Vários dos clássicos de que já falamos estão carregados de elementos marítimos, recendem a maresia, têm som ambiente de velas drapejando ao vento, madeira do casco estalando, ondas se quebrando nos rochedos ou marulhando na praia, gaivotas crocitando enquanto voam em giros sobre a embarcação. Ulisses não era apenas um guerreiro astuto, mas um exímio marinheiro. Sua *Odisséia* foi a primeira narrativa marítima fascinante a atravessar os séculos fazendo a humanidade sonhar com as ondas, as sereias, as ilhas cheias de encantamentos. Na Bíblia, a história de Jonas com a Baleia personifica, mais que qualquer outra, o pavor de monstros gigantescos e forças incontroláveis capazes de aterrorizar qualquer um, castigo divino e perigo absoluto, diante do qual o homem não tem qualquer poder.

Como em todos os outros casos, não há fórmula nem receita para o primeiro contato com esses livros. Em minha história pessoal, a descoberta se deu por meio de *Robinson Crusoé* — que ganhei em versão integral no meu aniversário de 8 anos. Morávamos na Argentina nesse tempo e o livro era em espanhol, um tijolão pesado de uns cinco palmos por três (tamanho de minha mão na época, hoje posso interromper a escrita e ir até a estante medir seus 32cm de altura por 23cm de largura). De qualquer modo, um livrão. Era ilustrado por Carybé e traduzido do inglês por Julio Cortázar. Folheei, encantada com as figuras lindas — tanto a cores quanto em preto-e-branco. No dia seguinte, já estava mergulhando na primeira de suas 400 páginas, que começava assim: "Nasci em 1632 na cidade de York, de família boa, mas vinda de outro país, porque meu pai..."

E eu já me interrompia e começava a espiar pra dentro, porque tinha tudo a ver comigo, já que eu também podia dizer que vinha de família boa, mas de outro país, por causa de meu pai, que tinha ido parar em Buenos Aires conosco por motivo de trabalho...

Entre continuações e interrupções, fui seguindo em frente aos poucos e ajudada pelos meus pais. Eles sempre liam comigo alguma coisa — ora em voz alta antes de eu dormir, ora resumindo capítulos que então eu pulava. Foi uma empolgação. Fiquei fascinada com a história daquele homem sozinho numa ilha ensolarada, cercado de praias como as do Rio ou do Espírito Santo, de que eu sentia tantas saudades, tendo que fazer sua vida toda a partir de umas poucas coisas salvas do navio, construir, plantar, colher, esconder-se de canibais, preparar-se para enfrentar inimigos. Só muito mais tarde, em várias releituras adultas, fui descobrindo o ideário colonialista e mercantilista da época, latente no enredo, que ajudava a construir o mito do *self-made man*. Só então fui percebendo as relações de dominação de Robinson para com seu companheiro Sexta-Feira. Na época, e por toda a adolescência, eu não via nada disso. Era apenas a história de uma grande aventura: o naufrágio, o homem lutando contra a natureza, buscando sua sobrevivência, tentando ir além da condição animal para reinventar a cultura.

A rigor, o livro de Defoe também ajudou a criar e consolidar um gênero — o de histórias de sobrevivência. Uma grande vertente delas se passa após naufrágios em ilhas desertas (às vezes até homenageando explicitamente o livro inaugural, como é o caso de *A Família do Robinson Suíço*, ou *Sexta-feira, ou A Vida Selvagem*), outras vezes apenas fazendo variantes a partir da situação original, como *A Ilha de Coral*, *O Corcel Negro* (onde, além do menino, se salva um cavalo puro-sangue) ou *A Lagoa Azul* (em que as duas crianças sobreviventes crescem num ambiente paradisíaco e depois, na adolescência, vivem uma história de descoberta do amor). Outras obras também derivadas dessa mesma ideia examinam a sobrevivência em situações e cenários diversos: no deserto, no gelo, nas montanhas, nas selvas africanas ou amazônicas.

Um dos livros mais interessantes que se filiam a essa tradição é contemporâneo e foi escrito pelo inglês William Golding, que depois de fazer muito sucesso com essa história veio a ganhar mais tarde o Prêmio Nobel de Literatura. Chama-se *O Senhor das Moscas* (1954) e conta a história de um avião que cai numa ilha, carregado de crianças que estavam sendo evacuadas da Inglaterra para evitar os bombardeios durante a Segunda Guerra Mundial. Morrem todos os adultos e salvam-se todas as crianças e adolescentes, que passam então a constituir uma nova sociedade — com todas as suas tensões, intrigas, disputas e crueldade. Embora seja um livro muito bem construído e bem escrito, é profundamente perturbador, não chega a ser exatamente agradável. É quase aterrorizante. Mas pode ser fascinante para adolescentes maduros e com fôlego de leitura. Daqueles livros que a gente não consegue parar de ler.

No entanto, por mais que eu goste muito desse, o meu livro de ilha favorito é outro. Uma obra que foi escrita especialmente para o público juvenil e que nunca me desapontou nas várias releituras posteriores — *A Ilha do Tesouro*, de Robert Louis Stevenson. *Eu me lembro como se fosse ontem...* — é uma das primeiras frases do narrador para começar. Começo muito apropriado, porque a vida toda esse livro vai ficar na memória do leitor e ser lembrado como se estivesse sempre por perto, muito recente.

Não é uma aventura de naufrágio nem de sobrevivência, mas uma apaixonante história de busca. Começa na Inglaterra, entre neblinas e penhascos junto ao mar, num ambiente de mistérios e promessas implícitas, mas depois parte pelo mundo afora e vai dar numa ilha ensolarada. De certo modo, também é fundador de uma linhagem — a das histórias de mapa de tesouro. Aliás, foi justamente essa sua origem: um mapa que o filho do autor estava brincando de desenhar. Tem piratas, lutas, tem uma canção que fica para sempre com o leitor, como ficou com o poeta Fernando Pessoa, que a utilizou em um de seus mais famosos poemas. Cada um de nós, ao ler o livro, se torna também parceiro de Robert Louis Stevenson, ao inventar uma melodia para cantarolar e acompanhar mentalmente:

Quinze homens sobre o baú do morto
Ho-ho-ho
E uma garrafa de rum.

Sobretudo, *A Ilha do Tesouro* tem uma fina observação sobre o processo da curiosidade e do medo. É um mergulho na inquietação de um pesadelo cheio de aventuras, pintado com cores fortes numa ilha exótica, em que esqueletos brancos se sobrepõem a palmeiras verdes e mares de safira. É também um livro que brinca com o medo do leitor. De início faz a gente temer os personagens errados, para só depois ir aos poucos descobrindo o que deve enfrentar ou evitar e por quê. Parece ser apenas uma empolgante história de piratas, mas é muito mais do que isso — é uma reação ao pessimismo e ao desânimo, um ato de confiança na potencialidade juvenil. Por essa razão, fica para sempre. É também um roteiro de iniciação à vida, um livro sobre o bem e o mal ambíguos, sobre traição e confiança, sobre o fim da inocência e os caminhos do crescimento, sobre homens medíocres e vilões prodigiosos. No fundo, um mapa de tesouro entregue ao leitor. E que, como tão bem resumiu Roberto Cotroneo[1] falando dessa obra, "não existe livro de história, tratado ou ensaio que consiga descrever melhor a alma humana". Não é à toa que Jorge Luís Borges afirma que "a descoberta de Stevenson é uma das felicidades mais duradouras que a literatura pode proporcionar". *A Ilha do Tesouro* é apenas uma de suas obras-primas. Mas se pode perfeitamente começar por ela a viagem pelo universo desse escocês, "um dos autores mais escrupulosos, mais inventivos e mais apaixonados de toda a literatura".[2]

* * *

As histórias do mar não se limitam às ilhas. Algumas vão fundo e mergulham nas profundezas, como *Vinte Mil Léguas Submarinas*, de Julio Verne, também autor de *A Ilha Misteriosa*. Apesar de ter feito um estrondoso sucesso no seu tempo, de um modo geral nem todos os livros desse autor resistem bem à passagem do tempo. Dotado de uma imaginação que o fez se lançar pelos caminhos da aventura misturada com elementos fundadores da ficção científica, esse autor francês empolgou gerações de leitores, mas suas qualidades tinham mais a ver com as peripécias e situações do enredo do que com a linguagem ou a força dos personagens. Por isso, após ter sido durante algum tempo o clássico juvenil por excelência para muita gente, hoje seus livros parecem ingênuos e pouco atraentes — com raras exceções, como *A Volta ao Mundo em 80 Dias* e, em certa medida, *Da Terra à Lua*.

Outros autores, no entanto, mantêm vivo seu fascínio. Muitas vezes, graças a personagens inesquecíveis que criaram e a sua força na pintura da natureza. É o caso, por exemplo, de dois norte-americanos bem diferentes. O primeiro é Jack London, com *O Lobo do*

Mar. O outro, excelente, é Herman Melville, que tem dois livros maravilhosos passados no mar, aproveitando sua experiência pessoal de marinheiro. *Moby Dick* conta a terrível história do prolongado desafio/enfrentamento entre um homem, o capitão Ahab, e uma monstruosa baleia branca. Mas é muito mais do que isso, numa inesquecível obra sobre a obsessão, em clima de pesadelo, com tremenda carga simbólica. E *Billy Budd*, fino relato que também se passa num navio, é completamente diferente: uma história sutil questionando a justiça e a lei, a partir da tragédia de um jovem herói perplexo diante do universo adulto e estabelecido. Não é leitura para crianças e não costuma ser adaptado. Mas em sua forma integral pode ser muito instigante para adolescentes inteligentes e maduros, acostumados a ler.

No mais, há uma boa profusão de livros de aventuras passadas no mar — histórias de piratas, de batalhas, de perseguições e abordagens. Podem ser apenas puro entretenimento, mas alimentaram a imaginação de várias gerações de leitores. Heróis como o Capitão Blood, autores como Rafael Sabatini, Emilio Salgari, Capitão Marryat são apenas alguns dos nomes mais famosos. São clássicos da chamada literatura popular ou de entretenimento. Em geral, não são considerados como representantes de alta estatura literária e não estão sendo reeditados. Mas, se encontrados no fundo dum armário de avô numas férias ou numa estante de alguma biblioteca, com toda certeza podem ainda garantir uns bons momentos de leitura emocionante e divertida a qualquer adolescente.

Mais adiante, pela vida afora, outras histórias do mar irão certamente seduzir o leitor com seu fascínio. Dependendo do gosto de cada um, o chamado pode vir de Somerset Maugham (*Histórias dos Ma-*

res do Sul) ou de James Michener (*A Baía de Chesapeake*). De Jorge Amado (*Mar Morto*) ou de Joseph Conrad (*Lord Jim*). De Ernest Hemingway (*O Velho e o Mar, Ilhas na Corrente*) ou de Umberto Eco (*A Ilha do Dia Anterior*). De Iris Murdoch (*O Mar, o Mar*) ou de Virginia Woolf (*Ao Farol, As Ondas*). De James Barth (*Contos da Maré*), de Pat Conroy (*O Príncipe das Marés*) ou de John Fowles (*O Mago*). Ou de muitos e muitos outros. Mas a atração será sempre maior, quase irresistível, quando no fundo de cada chamado ressoar o eco das histórias juvenis de ilhas e oceanos, trazido pela memória das leituras marítimas da infância e adolescência, povoadas pelo poder mágico de evocação de palavras cujo significado não entendíamos muito bem (e nem nos preocupávamos em ir procurar no dicionário, porque não fazia falta). Mas, da mesma maneira que a fórmula mágica do "abre-te, sésamo", escancaravam um mundo de tesouros e de infinitas possibilidades. Serviam para atestar que estávamos em pleno mar, sentindo cheiro de sargaços, com espuma borrifando na cara, envolvidos por essas palavras:

— Içar a bujarrona!

— Recolher a mezena!

Que novos leitores possam continuar a viver essa experiência imorredoura.

Notas

[1] Roberto Cotroneo, *Si una Mattina d'Estate un Bambino*, Edizioni Frazinelle, 1994.

[2] Jorge Luís Borges, *Biblioteca Personal*, Alianza Editorial, 1988.

CAPÍTULO 9

AVENTURAS SEM FIM

As histórias do mar são apenas uma parte dos grandes livros de aventura que se tornaram clássicos juvenis. Havia mesmo uma coleção deles que se chamava *Terramarear*. Bom nome, porque os cenários podiam mesmo ser os mais variados, trazendo peripécias em meio à natureza ou nos corredores e salões de palácios.

Muitos desses últimos constituem o que se costuma chamar de romances de capa-e-espada. Podem não ser maravilhas como modelos de qualidade literária sofisticada, mas muitos deles são fantásticos para se ler, uma mirabolante viagem por enredos cheios de peripécias e reviravoltas, excelentes exemplos do que se costuma chamar literatura popular. Vários foram escritos como folhetins — isto é, eram publicados capítulo a capítulo em revistas ou jornais (muitas vezes, diários), e o público os acompanhava com paixão, da mesma forma que hoje faz com as novelas de televisão. Geralmente os capítulos terminavam numa situação de suspense, deixando o leitor na expectativa sobre o que iria acontecer.

O grande mestre desse gênero foi o francês Alexandre Dumas. Às vezes chamado de Dumas-pai, para distinguir do filho dele que também foi autor e escreveu *A Dama das Camélias*, por exemplo. Mas Dumas-pai foi o autor de empolgantes folhetins de capa-e-espada, cheios de ação. O mais famoso foi *Os Três Mosqueteiros*, uma história que até hoje continua entusiasmando gerações de leitores, com as divertidíssimas peripécias de Athos, Portos e Aramis e do inesquecível fanfarrão D'Artagnan, aspirante a mosqueteiro do rei. A história fez tanto sucesso que ele a retomou posteriormente, fazendo uma continuação chamada *Vinte Anos Depois*. E D'Artagnan, personagem popularíssimo, acabou até voltando na obra de outros autores que o incorporaram, de passagem, como é o caso de *Cyrano de Bergerac*, de Edmond Rostand — e faço questão de destacar esse bom livro, porque temos no Brasil uma excelente tradução/adaptação feita por Rubem Braga, que é uma delícia.

Dumas também escreveu outros folhetins nesse mesmo gênero, histórico-fantasista, que continuam a atrair leitores até hoje. E também espectadores, pois além de algumas dezenas de versões de *Os Três Mosqueteiros* como filme ou peça teatral, outros de seus livros foram adaptados. É o caso, por exemplo, de *O Máscara de Ferro* e de *O Conde de Monte Cristo*. Todos são repletos de intrigas na corte, traições, fugas espetaculares, festas deslumbrantes, namoros complicados e muita esgrima.

Em matéria de ação intensa e muita intriga em ambientes históricos, tenho ainda dois outros favoritos. *Um Conto de Duas Cidades*, do inglês Charles Dickens, alterna a ação entre Londres e Paris no tempo da Revolução Francesa. É tão empolgante quanto *O Pimpinela Escarlate*, da Baronesa de Orczy, só que bem mais complexo e mais bem escrito. Mas leitura apaixonante mesmo é a série de *Os Pardaillans*, de Michel Zevaco. São vários volumes que se passam na França, no tempo das guerras religiosas entre protestantes e católicos — uma série que, ao mesmo tempo, recria toda uma época histórica e nos traz personagens inesquecíveis em situações emocionantes, que incluem tentativas de envenenamento, portas secretas, alçapões que se abrem de repente, barcas que esperam no porão para uma fuga pelo rio Sena. Anda esgotada há muito tempo e não creio que haja planos de reeditá-la. Por isso, hesitei em mencioná-la. Mas é tão boa que não posso deixar de indicar. Se a qualquer momento passar ao seu alcance, pode embarcar sem susto, que é uma maravilha. Muito melhor do que outra série histórica francesa que continuou sendo reeditada depois, *À Sombra dos Reis Malditos*, de Maurice Druon — que acaba se repetindo e cansando um pouco com sua solenidade.

Outra linha tradicional de romances de aventuras se passa na floresta. Inclui uma série muito famosa, a de *Tarzan*, de Edgard Rice Burroughs. Talvez sejam os mais famosos livros de aventuras na selva, de todos os tempos, mas estão muito longe de ser os melhores. Consolidaram um personagem mítico, e isso não é pouco. Mas apenas o primeiro volume, *Tarzan dos Macacos* (1914), se mantém atraente para leitura hoje em dia. Já *As Minas do Rei Salomão* (1886), de Sir H. Rider Haggard, se sustenta muito melhor. Foi escrito pouco depois do sucesso de *A Ilha do Tesouro* (1883) e aproveita um pouco dessa fórmula de busca de um tesouro num lugar longínquo.

Como se vê, não chega a ser original, embora sua evocação das paisagens africanas seja muito forte e atraente. Mas tem muito senso de humor, com alguns personagens ligeiramente cômicos. E tem também uma segunda linha narrativa que passa pela derrubada de um tirano usurpador de um trono africano e o restabelecimento do governante legítimo. Misturando esses elementos com muita habilidade e os dosando bem, o autor consegue fazer um bom livro de ação que é capaz de prender a atenção por causa do mistério que o atravessa. E quem conseguir lê-lo na tradução de Eça de Queirós vai ter o atrativo extra do toque do mestre... mas nesse caso, é difícil para leitores de pouco fôlego. Há outras versões, resumidas e simplificadas.

Nas florestas americanas, passa-se outro clássico da literatura juvenil, *O Último dos Moicanos*, de James Fenimore Cooper, uma história que deve muito aos encantos do protagonista, ao amor da natureza, à celebração da liberdade e ao fato de tentar mostrar a situação do ponto de vista dos índios — pela primeira vez vistos como ameaçados e não ameaçadores. Quase um século mais tarde, outro autor norte-americano, Jack London, também se tornaria extremamente popular graças à sua capacidade de tomar o partido dos perseguidos e de conseguir apresentar a natureza com tanto entusiasmo, aderindo a ela de uma forma tão próxima e íntima, e com tanto respeito, que os atuais movimentos ecologistas muitas vezes veem nele um precursor. Lobos, ursos e cachorros nas florestas do noroeste americano ou no Alasca até hoje comovem os leitores de *Chamado Selvagem* ou *Caninos Brancos*. Jack London não se preocupou em se dirigir diretamente a um público jovem, mas sua celebração da vida selvagem, da natureza e da liberdade lhe garantiu um lugar de preferência nessa idade.

Talvez o grande clássico da selva seja *O Livro da Selva* (1894), do inglês Rudyard Kipling (que em 1906 ganharia o Prêmio Nobel de Literatura). Foi escrito para adolescentes e depois foi complementado por outra obra sua, de contos para crianças menores, passados nas florestas tropicais da Índia, chamado *Histórias Bem Assim*. Uma das histórias do primeiro livro é a de *Mogli, o Menino-lobo*. Talvez tenha sido em seu tempo uma das narrativas mais amadas pelas crianças e adolescentes de seu país. Não é apenas a história de um menino, mas de um grupo de animais com suas próprias personalidades — o lobo Akila, o urso Balu, a pantera Baguera, o tigre Shere Khan. Criado por uma alcateia de lobos, Mogli tem o privilégio de viver entre todos esses bichos, numa maravilhosa integração, entendendo o que dizem e falando com eles sem que jamais seus amigos deixem de ser animais e ele, ser humano. Hoje em dia, esse encanto não se sustenta mais da mesma forma. Certas noções (como a superioridade humana sobre os animais, ou o código masculino de conduta) estão inteiramente ultrapassadas. Mas é escrito de um modo tão brilhante, que ainda garante uma boa leitura, mesmo que tenha de ser feita com uma visão crítica. Porém há um livro de Rudyard Kipling que continua sendo uma leitura fascinante — *Kim*, um delicado romance de iniciação, em que um menino acompanha um homem-santo no Tibete e vai com ele aprendendo aos poucos a sabedoria da vida.

Correr riscos e enfrentar perigos, porém, não é privilégio dos personagens de livros de aventuras. Existem outras duas famílias de histórias que lidam diretamente com esses aspectos mas que, a rigor, não podem ser enquadradas nessa categoria.

A primeira é constituída pelos livros que exploram o medo — e seu extremo, o terror. Os melhores do gênero vão muito além do recurso exclusivo ao arsenal de truques previsíveis e efeitos repetidos que constituem o repertório tradicional. Na verdade, alguns desses clássicos é que inventaram o gênero e merecem ser vistos de perto, com atenção. São leituras fascinantes que não se limitam a fazer desfilar cenas assustadoras mas, muito bem construídos, mergulham na alma humana e na ambígua convivência do bem com o mal. É o caso, por exemplo, de *Frankenstein*, de Mary Shelley, ou de *O Médico e o Monstro* (1886), de Robert Louis Stevenson, duas verdadeiras obras-primas, fábulas da ciência pervertida, questionamento da capacidade humana de domar seus monstros, mergulho na duplicação mental de cada um, apoteose dos conflitos potencialmente criáveis pela inteligência e pela imaginação. Também o *Drácula* (1897), de Bram Stoker, é muito interessante com seu personagem modelar e mítico, construído a partir das lendas de vampiros. Já *O Corcunda de Notre Dame*, de Victor Hugo, embora buscando um ambiente gótico e algo tétrico, recairia mais em outro gênero, bem mais leve e lírico, o do romance histórico que conta uma história de amores difíceis e dores causadas por preconceitos de todo tipo.

* * *

Imperdíveis mesmo são os contos de Edgar Allan Poe. O grande escritor argentino Jorge Luís Borges diz que a literatura atual seria inconcebível sem Poe, e provavelmente tem razão. O poeta francês Charles Baudelaire afirmava que rezava para Poe toda noite, como seu padroeiro. Considerando a literatura como uma construção da mente (não uma súbita inspiração espiritual), Poe alterou as coordenadas com que se encarava o fazer literário e preparou o público para a revolução moderna. Vários de seus contos — como "O manuscrito achado numa garrafa" — exploraram a vertente da literatura fantástica, abrindo caminhos para todo mundo que veio depois. Outros — como "Os crimes da rua Morgue" — não apenas criaram um novo gênero, a história de detetive, mas também originaram um novo modo de se ler ficção, desconfiando do que o autor nos diz, procurando pistas, refazendo em novos termos o tal pacto de "suspensão da descrença" de que falava Coleridge e que já citamos. Todos os autores de romance policial, que implicitamente pedem que seus leitores os acompanhem na decifração de um mistério, são filhos diretos de Poe.

Entre esses seguidores há alguns clássicos. Conan Doyle, por exemplo. Foi o criador de Sherlock Holmes e de um tipo de narrativa com uma dinâmica própria que iria exercer também grande influência sobre a maneira de se contar uma história.

O grande romancista inglês John Fowles[1] tem um belo estudo sobre a maneira pela qual Conan Doyle resolveu uma permanente tensão do romance, que é a incompatibilidade natural entre o diálogo e a narrativa, o conflito entre o que o autor quer e o que o leitor quer. Por isso, tem gente que, ao ler, pula os trechos de diálogo realista em que não acontece nada, enquanto outros saltam as descrições. Pois Fowles mostra como Conan Doyle exclui da conversação quase tudo o que não faça a narrativa avançar ou que não revele aspectos do personagem que impulsionem a ação. Em seguida, já que ele se apoia tanto no diálogo, inventa um permanente jogo de visões opostas para a história, trazendo para a conversa dois personagens de temperamentos antitéticos — o arguto detetive Sherlock Holmes e seu crédulo amigo Watson. Isso lhe permite estabelecer contradições e espalhar pistas falsas, fazendo com que o leitor as siga. Em seguida, usa outro recurso moderno: aproxima-se totalmente da ação, comenta-a de perto, mostra-a em *close-up*, faz diálogos imediatos sobre tudo, mas se recusa a apresentar um afastamento que permita uma visão global e situe tudo em perspectiva. Com esse truque, reserva esse movimento, de olhar à distância, apenas para o final. Só no momento da solução do mistério é que finalmente tudo entra no lugar.

Repito esses comentários críticos com algum vagar porque acho que eles nos ensinam muito sobre a maneira contemporânea de ler, observando a estrutura da narrativa como se o texto fosse um pouco transparente e permitisse a visão de seu esqueleto. É um enfoque que revitaliza todas as obras antigas, que passam a ficar em estado de novas ao serem lidas assim.

Creio que grande parte da vitalidade e permanência dos grandes livros não está em suas qualidades intrínsecas de forma acabada e fechada, mas no potencial de leituras que elas permitem. Daí que uma conversa sobre os clássicos não pode se confundir com uma lista do que deve ser lido, ou se limitar a uma defesa de por que eles devem permanecer entre nós. Tudo isso só se completa se dermos também atenção à maneira de ler. Como ler — essa é uma grande questão que vamos encontrando a toda hora nesse mergulho pelos livros essenciais.

Ler criticamente é uma das respostas. Significa que não se lê para concordar servilmente em atitude reverente, mas também não se lê para discordar e refutar num eterno desafio. Para mim, esse aspecto se parece muito com o que sinto quando converso com alguns velhos maravilhosos que amo e admiro muito — e por isso, muitas vezes, acho que essa chamada leitura crítica dos clássicos se confunde com uma leitura amorosa. Mas exige o tempo todo que a admiração se misture com um contraponto crítico que atualize a leitura, e que é feito de toda a bagagem leitora que cada novo leitor traz a esse encontro.

Isso leva a outra atitude fundamental: ler de forma contextualizada. Ou seja, entendendo a época e não cobrando atitudes contemporâneas de uma manifestação cultural de outro tempo e outra sociedade. Nesse sentido, não adianta recusar *As Mil e Uma Noites* porque tem contos sexistas, ou *Robinson Crusoé* porque era mercantilista, ou Mark Twain porque usava a palavra *nigger* (crioulo), ou Ernest Hemingway porque era machista. Quem sai perdendo com essa intolerância é o leitor.

Um dos efeitos dessa contextualização tem a ver com a possibilidade que o leitor contemporâneo tem de incorporar à sua leitura uma grande riqueza: a lembrança de outras leituras e mais a consciência da rede literária que compõe a literatura, dos possíveis *links* que se pode fazer. E com isso também, ele passa a ser cada vez mais capaz de ler com ironia e inventiva, coisas que exigem um certo nível de atenção e a habilidade de ter ideias contraditórias, como lembra Harold Bloom.

Esse conjunto de atitudes leitoras aumenta enormemente o prazer de ler e o estado de exaltação da inteligência provocada por um bom livro. Significa ler em profundidade, exercendo plenamente essa extraordinária característica cerebral da espécie humana que nos fez desenvolver a capacidade da leitura e escrita. Ler com disposição de encontrar o outro, de encarar mudanças e diferenças, mas com a mente limpa de arestas e palavras de ordem que fiquem procurando mensagens, moral das histórias ou receitas de vida. Esse é um dos grandes princípios da leitura para Bloom: *não tente melhorar seu próximo com as leituras que você escolhe ou a maneira como as lê*. Ou seja, se quiser aperfeiçoar alguém, trate de escolher a si mesmo como alvo.

Em outras palavras: não há uma ética da leitura. A superação pessoal da mente e do espírito de cada um já constitui, por si só, um projeto e tanto. Não é preciso transformar a leitura num ato utilitário ou numa ferramenta de ativismo. Leitores que melhorem a si mesmos já estarão melhorando o país e o mundo. Não precisam cair no fundamentalismo de sair por aí querendo converter os outros a suas leituras ou suas opiniões. Ler bem é ficar mais tolerante e mais humilde, aceitar a diversidade, dispor-se a tolerar a diferença e a divergência. Não o contrário.

Nenhuma dessas reflexões e considerações, porém, pressupõe que o prazer da leitura precise se converter num emaranhado intelectual e deva conviver com a perda do desejo. E esse desejo se confunde com o impulso narrativo que empurra para a frente e faz a ação avançar. Daí nossa sede de enredo, de busca do significado da história, nossa permanente avaliação da competência do autor em narrar bem. Daí também toda essa longa referência a Bloom e ao que Fowles escreveu sobre Conan Doyle e o modo como as novelas de Sherlock Holmes contribuíram para as histórias de detetive. Elas não apenas nos revelam quem são os culpados, mas também nos mostram que numa boa narrativa nada é inocente. São grandes aventuras do espírito.

Nota

[1] John Fowles, obra citada.

CAPÍTULO 10

EMOÇÕES NO DIA A DIA

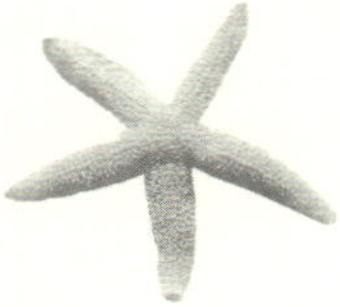

Todas essas aventuras sempre empolgaram os leitores com a possibilidade de transportá-los a terras exóticas e situações mirabolantes, em que a diversão era garantida. Mas sempre existiu também uma outra linha de livros em que a realidade cotidiana estava presente e carregada de emoções. Como se de alguma forma fosse necessário lembrar às pessoas que as experiências intensas que dão significado à vida não precisam necessariamente se passar longe de casa e que cada pessoa pode viver uma situação de enorme complexidade psicológica, cada família pode guardar um drama de muita intensidade, cada cidade está cheia de tragédias sociais, cada rua é atravessada todo dia por gente que vive dores e alegrias, tem medos e sonhos. Gente como a gente, afinal de contas.

Um dos maiores autores clássicos da literatura juvenil, Mark Twain, não precisou fugir para bem longe a fim de fazer seus personagens conquistarem o coração dos leitores. Bastou soltar dois meninos na sua paisagem natal, às margens do rio Mississipi, e contar suas aventuras por ali mesmo. A força toda de sua obra vinha do sentido de observação crítica da sociedade em torno, feita de um ponto de vista colado nos protagonistas jovens, de uma forma que ninguém ousara fazer até então. E de uma linguagem nova, trabalhosamente elaborada a partir de ouvir com muita atenção como as pessoas se expressavam à sua volta. *As Aventuras de Tom Sawyer* e *As Aventuras de Huck (Huckleberry Finn)* são livros arrebatadores, principalmente o segundo. Nunca vou esquecer a sensação de abertura infinita que eles me deram, como se eu também pudesse de uma hora para outra navegar numa balsa rio abaixo e conquistar o mundo todo, rumando para a liberdade e ajudando a libertar um escravo fugido. Depois de ter lido toda a obra de Monteiro Lobato, eu precisava de alguns livros assim, onde eu me sentisse em casa e também pudesse morar. A obra de Mark Twain me deu isso e muito mais. Devorei tudo o que ele escreveu — e recentemente ainda tive a alegria de traduzir seu inédito recém-descoberto, o delicioso *Um Assassinato, um Mistério e um Casamento.*

Vários dos maiores escritores norte-americanos do século XX, de William Faulkner a Ernest Hemingway, celebraram Mark Twain como o grande fundador da ficção de seu país, por ter escrito *As Aventuras de Huck.* Mas o que o faz tão grande não é um acúmulo solene de elementos grandiosos, é a sucessão de momentos verdadeiros, episódios divertidos e emocionantes, descrições vívidas, diálogos concretos e, sobretudo, o ponto de vista perfeito de um adolescente descobrindo o mundo, se questionando sobre o certo e o errado, e contando essa história com toda a naturalidade possível. Isto é, contando à sua maneira, do jeito que ele vê. Um jeito que nem sempre é o do leitor. Mas essa distância permite uma riqueza de leitura raramente alcançada, seja quando ele acredita num espertalhão que não nos engana, seja quando ele está tomando uma decisão moral à frente de seu tempo e nem percebe, mas nós desconfiamos, porque vivemos depois dele. É um livro excelente, que todo mundo tem o direito de ler. Se ainda não leu, corra atrás dele até achar.

Do outro lado do Atlântico, outro grande autor também ficara extremamente popular alguns anos antes, escrevendo histórias realistas com algumas pitadas de humor. Só que o inglês Charles Dickens não pretendia se dirigir a um público infantil ou juvenil. Como, porém, alguns de seus livros têm personagens que são crianças ou adolescentes — pelo menos, quando os livros começam —, ele conseguiu envolver muito o leitor jovem.

Quando descobri Dickens, ele também foi um autor que me despertou para ser uma leitora em série. Eu queria ir lendo um livro dele atrás do outro, até completar tudo, o que não era fácil, pois foi um escritor muito prolífico e alguns dos livros (como *David Copperfield*) tinham muitas páginas. Mas li os mais importantes. Entre eles, acho que recomendaria *Oliver Twist* para uma iniciação jovem. É muito triste e pode até fazer chorar, mas é ótimo. Conta a história de um menino órfão e pobre, criado num orfanato onde o maltratam e o exploram. É um desses livros que a gente não consegue largar, vivendo os medos e os sustos de uma criança que foge dos maus-tratos e sai pelas ruas tentando de todo jeito sobreviver e escapar da maldade de adultos que tentam explorá-lo na marginalidade. Às vezes, é cômico, às vezes é desesperador, mas sempre está ali, colado no coração. Da mesma forma que *Os Miseráveis*, do francês Victor Hugo (e *Capitães da Areia*, de Jorge Amado), é um livro que emociona, desperta nossa solidariedade, nossa revolta, dá vontade de fazer alguma coisa. E no Brasil de hoje, nos ensina que países que agora são altamente desenvolvidos, como a Inglaterra e a França, também tiveram seus problemas com população carente, sem-teto, crianças de rua cometendo pequenos furtos, péssimas condições carcerárias, e tantas tragédias que hoje achamos que são apenas desgraça nossa. E nessa época ainda tinham as colônias, quer dizer, vários outros países do mundo trabalhando para eles...

Dickens não foi um autor de literatura infantil ou juvenil, mas um exemplo a mais de criador de obras que os adolescentes adotaram para sua leitura. Também do século XIX inglês, vem outro excelente exemplo disso, com *Jane Eyre*, de Charlotte Brontë. Foi um livro que li e reli quando tinha uns 13 anos, e adorei. Há poucos anos, em nova releitura, vi nele coisas interessantíssimas que me tinham escapado na ocasião e que agora só acrescentaram uma dimensão nova que eu nem suspeitava. Mas lembro perfeitamente de como me comoveu naquele tempo a história da moça pobre que ia ganhar a vida como preceptora de crianças e vai parar numa casa cheia de mistérios, gritos no meio da noite, uma louca no sótão, e acaba tendo que enfrentar um romance proibido e um incêndio trágico.

Por gostar tanto desse livro, acabei descobrindo que a autora tinha uma irmã também romancista, Emily Brontë, que escrevera *O Morro dos Ventos Uivantes*. Ah, esse me proporcionou uma das leituras mais hipnotizantes de minha adolescência... Fiquei obcecada com os personagens — principalmente o fascinante protagonista Heathcliff, que eu não sabia se era objeto de minha paixão ou me apavorava, mas certamente povoava meus sonhos. A situação até poderia ser semelhante à de outros livros — a moça pobre que vai trabalhar na grande mansão. Mas a atmosfera do livro é insuperável, com seus elementos góticos e lúgubres em meio a uma paisagem agreste e misteriosa que, para sempre, introduziu em meu imaginário os pântanos cobertos de neblina, as urzes na charneca (eu tive que procurar no dicionário o que eram essas palavras, mas isso só aumentava seu encanto), os ventos desencadeados e constantes. Tudo impregnado de memórias terríveis, de dor profunda, da tentação de vencer o sofrimento pelo amor.

Urzes e charnecas, e grandes mansões escuras e lúgubres também reaparecem na obra de outra autora, Frances Hodgson Burnett, embora em grau totalmente diferente. Esta escrevia diretamente para crianças e fez muito sucesso desde seu início com *O Pequeno Lorde* (1886). Não era esse meu preferido, e até hoje o acho meio comercial, apelativo e previsível. Mas dois outros livros da mesma autora, escritos mais de vinte anos depois e mostrando seu amadurecimento, mantêm vivo seu interesse para os leitores — o que talvez explique terem ambos sido adaptados para filmes recentemente e até mesmo para um musical da Broadway. Refiro-me a *A Princesinha* (1905) e *O Jardim Secreto* (1911), este último diretamente influenciado por *Jane Eyre* — e traduzi ambos para o português. Apesar de concessões a fórmulas consagradas (o tema de Cinderela, a vitória dos mais jovens) e a um certo sentimentalismo da época, a autora consegue criar personagens infantis fortes, rebeldes e independentes, e apostar na força da regeneração, não apenas contra a pobreza e a doença, mas contra todo e qualquer tipo de repressão. As crianças são atuantes na narrativa, os criados ocupam papéis centrais, a natureza desempenha uma função essencial, quase divina. Esses aspectos garantem sua modernidade, apesar do tom às vezes melodramático e de uma certa nostalgia colonialista, característica da época.

Falando em melodrama, nada consegue ganhar de *Poliana* (1913), da norte-americana Eleanor H. Porter. Por mais que um olhar adulto possa achar insuportável o otimismo açucarado que acompanha esse clássico infantil, é impressionante como até hoje suas injeções de esperança continuam tocando leitores de ambientes e classes sociais completamente diversos, como tenho constatado em conversas com leitores de várias partes do Brasil. O livro conta a história de uma menina que sofre um acidente e fica paralítica. Órfã, criada por uma tia solteira e mal-humorada, costuma fazer o "jogo do contente", buscando sempre o lado bom das coisas. Sua permanência no imaginário popular pode ser atestada por expressões que ficaram correntes, como "bancar a Poliana". E pelo surpreendente número de meninas com esse nome que são registradas até hoje, em homenagem à heroína, muitas vezes conhecida apenas pelas versões cinematográficas da aventura.

Ainda mais filmada e refilmada foi outra autora norte-americana de livros que se passam no ambiente doméstico, Louisa May Alcott. O mais famoso deles é *Mulherzinhas* (1868), mas com muita frequência seus leitores buscam os três volumes que lhe dão sequência. Ficam encantados afetivamente, por seu cálido universo de união familiar apesar das privações. Porém um olhar mais atento revela que há muitos outros elementos cativantes nessa história de quatro irmãs que devem sobreviver com a mãe, enquanto o pai vai para a guerra. Antes de mais nada, há os personagens. Diferentes entre si, cada menina tem suas próprias características e não são apenas um poço de qualidades. Pelo contrário, todas têm também algum defeito (egoísmo, cobiça, vaidade, timidez excessiva, rebeldia), o que as aproxima do leitor, permitindo uma identificação sutil, como poucas vezes se vira até então nas leituras jovens, já que raramente um autor do gênero ousara antes atribuir defeitos a seus protagonistas. Além disso, ao fazer de Jo Marsh uma aspirante a escritora, a autora cria um espaço inusitado de discussão da própria escrita e das convenções literárias dominantes — comparável ao que faz, com recursos diversos, Mark Twain ao transformar o escritor Julio Verne em personagem em *Um Assassinato, um Mistério e um Casamento* ou ao acentuar em Tom Sawyer o gosto pelos exageros de ação dos romances de aventura, fazendo-o citar Dumas e Cervantes como seus heróis. Essa possibilidade de fazer um livro dialogar com outros e contestar ou reforçar a tradição literária, no que hoje chamamos de intertextualidade, é uma nota moderna em *Mulherzinhas*, atestando que a obra vai muito além de um simples drama doméstico convencional.

Entre os livros posteriores e contemporâneos que se ambientam num cenário doméstico ou de aventura no dia a dia, talvez se possa dizer que pelo menos dois autores adquiriram o *status* de clássicos, capazes de garantir uma fascinante leitura para os jovens.

O primeiro deles é J. D. Salinger, que escreveu *O Apanhador no Campo de Centeio*. Sem dúvida, é um salto grandioso em relação a essas últimas obras de que estamos falando. E não apenas no tempo, tendo sido publicado em 1957, mas é um marco de ruptura na linguagem, no ponto de vista, no caráter problemático do protagonista Holden Caulfield, um dos mais marcantes personagens do século XX. Talvez nenhum outro livro passado no cotidiano tenha tocado tanto a alma de leitores a partir da adolescência, nos últimos cinquenta anos. É um livro que trata da transgressão, ao falar de um adolescente normal, igual a tantos outros, desesperadamente procurando a generosidade e seu lugar no mundo. Já se disse dessa obra que é um verdadeiro tratado contra o egoísmo. E é. Mas é também contra a mediocridade e a hipocrisia. Só que parece ser apenas uma conversa muito simples, do jeito que a gente fala todo dia, mudando de um assunto para o outro enquanto vai contando coisas que aconteceram. E cheio de desvios que comentam o mundo, criticam a sociedade do jeito que ela se impõe sobre os jovens. É a história de uma fuga: Holden é expulso do colégio e, em vez de ir para casa e enfrentar os pais, sai andando sem rumo pelas ruas de Nova York, conversando com quem encontra, lembrando episódios acontecidos, tendo ideias divertidas, às vezes ficando um pouco triste e se preocupando com coisas que geralmente ficam esquecidas da maioria das pessoas. Não dá muito para ficar resumindo, mas posso garantir que é um dos melhores livros que já li. Um livro transformador, em que a gente sai da leitura diferente do que entrou. Posso atestar que, em anos na livraria, nunca encontrei um leitor jovem que tivesse sido desapontado por *O Apanhador no Campo de Centeio.* E meus filhos também leram e releram com entusiasmo, em meio a surpresas e descobertas novas. A tal marca de um grande clássico.

Também acho que daqui a alguns anos se falará de Katherine Paterson, a ganhadora do Prêmio Andersen 1998, como uma autora clássica. Alguns de seus livros estão publicados no Brasil, como a pungente história de rivalidade e sofrimento de *Duas Vidas, Dois Destinos* ou a sensível elaboração da morte de um amigo em *Ponte para Terabitia*. Essas duas histórias se passam nos tempos atuais, no ambiente de uma família normal, com seus problemas como todo mundo. Têm uma linguagem viva e atual, um ponto de vista narrativo adolescente perfeito e criam personagens inesquecíveis, que nos dão um nó na garganta.

A imersão em histórias passadas no cotidiano costuma modificar o jovem leitor no sentido de olhar de modo diferente para o ambiente em que vive, a realidade que o cerca. Mas também acaba trazendo outro grande presente ao prepará-lo para um encontro posterior com os grandes mestres do romance realista, um dos pratos principais do grande cardápio literário de narrativas ocidentais. Em geral, esses não são livros de se ler em condensações. Mas é a partir daqueles contatos prazerosos com histórias do dia a dia que muitos leitores vão depois se descobrir aptos a explorar as obras de grandes mestres como Balzac, Flaubert, Eça de Queirós, Machado de Assis, Thomas Hardy, Tolstoi, Dostoiévski, Tchecov e tantos outros, que constituem uma das partes mais ricas de nosso imenso tesouro literário.

CAPÍTULO 11

CLÁSSICOS INFANTIS MESMO

A grande maioria desses livros que viemos comentando até agora não foi escrita para a infância, muito embora o leitor jovem tenha se apossado de vários deles — ou, pelo menos, de algumas versões condensadas das histórias. Mas existem também os grandes clássicos infantis que foram concebidos especialmente para essa época da vida. De um modo geral, foram escritos a partir da segunda metade do século XIX, numa época que se estende até a Primeira Guerra Mundial (1914-1918). Muitos estudiosos chamam esse tempo de "A Idade de Ouro" da literatura infantil porque foi quando esse gênero se destacou com clareza da literatura para adultos. E foi também quando surgiram várias obras que, embora intencionalmente dirigidas para os pequenos, conquistaram os leitores de todas as idades por suas qualidades literárias intrínsecas. Não eram apenas "livrinhos para crianças", dispostos a dar alguma lição e, eventualmente, divertir. Como qualquer obra de literatura, têm tudo para agradar ao leitor mais sofisticado e exigente. Por isso, se tornaram grandes clássicos.

O escritor inglês C. S. Lewis, que escreveu para crianças uma série de fantasia ótima e de muito sucesso chamada *As Crônicas de Narnia* (inaugurada pelo excelente *O Leão, a Bruxa e o Guarda-roupa,* 1950), afirmou certa vez que não vale a pena ler aos 10 anos um livro que não tenha o que dizer para quem o reler aos 50, em condições de fazer novas descobertas na releitura. Exceto livros de informação, é claro. Lewis tem toda razão, até nos exemplos gastronômicos que dá em seguida — de suco de groselha a gente só consegue gostar quando é pequeno, mas pão quentinho com manteiga e mel é sempre uma delícia, mesmo para quem amadurece e sofistica o paladar. Ele ainda faz outro comentário muito divertido: adultos que são ridicularizados por ficarem lendo livros infantis geralmente foram crianças criticadas por lerem livros de adulto. Ou seja, essas classificações não podem funcionar como barreiras, como sabe todo leitor rebelde que descobre sua vocação leitora e sai inventando seu próprio roteiro. Ainda mais quando se trata desses autores que ficaram como marcos.

É o caso de Lewis Carroll, por exemplo, que escreveu *Alice no País das Maravilhas* e *Alice do Outro Lado do Espelho.* Fica até difícil escrever sobre esses livros, geralmente considerados as maiores obras-primas do gênero, e assunto de uma enorme quantidade de estudos. Em versões simplificadas (como a de Disney) que só contam alguns episódios, ou em traduções fracas, ficam sem pé nem cabeça e são meio chatos. Mas em versões integrais bem traduzidas (no Brasil temos várias diferentes, com ou sem comentários, e com estilos diversos de ilustração) são fascinantes. Antes de mais nada, são extremamente solidários com um ponto de vista infantil e apresentam uma liberdade de pensamento surpreendente para a época, criticando a escola e a sociedade, e explorando situações inesperadas em que a lógica comum vira pelo avesso. Ou, como sustentam vários psicólogos contemporâneos, Carroll intuitivamente explorou o pensamento lateral que as crianças dominam tão bem, e isso as fascinou. Às vezes as situações dos livros são um pouco angustiantes, apresentando a protagonista meio perdida, sem saber seu verdadeiro tamanho ou exatamente quem é, e encontrando uns seres muito esquisitos que a deixam pouco à vontade. Bem como são as ansiedades de crescer e de procurar nosso lugar no mundo, de ter coragem de sair explorando tudo e enfrentando circunstâncias inesperadas.

Alice no País das Maravilhas é um livro enganador. Pode parecer bobinho à primeira vista, na superfície, apenas a história de uma menina que persegue um coelho e acaba encontrando uma porção de bichinhos, reis e rainhas, personagens de cantigas para crianças. Mas esses e outros elementos que parecem basicamente infantis — como uma festa de aniversário, uma boa visita à cozinha, uma sessão de ouvir histórias, uma divertida brincadeira de roda, um jogo de bola ou de cartas — são vistos por Carroll de uma maneira bem diferente, transformando-se em outras coisas, como num sonho ou pesadelo. A própria linguagem sofre um processo parecido, numa brincadeira irreverente com os versinhos consagrados que toda criança tinha que saber de cor. Ou no permanente questionamento do significado do que se diz, de tudo o que pode estar por trás de cada palavra e frase. Como se a todo momento os sons e os sentidos estivessem escapando, escolhendo seus próprios caminhos e, dessa forma, passassem a funcionar de modo autônomo, como brinquedo, ou pretexto para um divertido jogo de decifração.

Alice nasceu de uma história contada oralmente pelo autor a três meninas, num passeio de barco em 1862, a partir de elementos corriqueiros do que viam e viviam. Era tão fantasiosa e cheia de detalhes que uma das irmãs, Alice, pediu-lhe que escrevesse aquilo tudo, para não esquecer. Ele levou dois anos trabalhando no manuscrito e depois mandou para ela. Em seguida, quando encontrou um editor e um ilustrador, deu ao texto sua forma definitiva e o publicou em 1865. Após um início de carreira meio lento, o livro foi descoberto pelas crianças que o transformaram num imenso sucesso. Quando Carroll morreu, em 1898, já vendera quase 200 mil exemplares.

Alguns outros grandes clássicos também fizeram esse percurso: foram escritos especificamente para uma criança, mas depois foram entregues a um público ampliado. Foi o caso dos já mencionados *A Ilha do Tesouro*, de Robert Louis Stevenson, e *O Senhor dos Anéis*, de J. R. Tolkien, ambos feitos primeiro para os filhos dos escritores. A mesma coisa aconteceu com as obras de outros três grandes autores infantis ingleses que mantiveram intacto seu encanto e fascínio — Kenneth Grahame, Beatrix Potter e A. A. Milne. Todos três têm ótimas traduções recentes em português. Todos três contaram histórias de bichos. Fora isso, não podiam ser mais diferentes.

Kenneth Grahame escreveu *O Vento nos Salgueiros* (1908) depois de contá-lo oralmente para o filho, mas muito pouca oralidade sobrevive no livro. Narra a história de quatro amigos vivendo à margem de um rio, no campo inglês: Rato, Toupeira, Sapo e Texugo. De certo modo, é um livro que apresenta uma série de episódios que exploram a questão de como se deve viver a vida — se é melhor na tranquilidade do campo ou na velocidade urbana, se é preferível não se preocupar com bens materiais ou buscar o conforto e o bem-estar. Mas isso fica um tanto solto, ainda que às vezes seja brilhante. O que realmente conquista o leitor são os personagens, capazes de despertar ternura, admiração e boas gargalhadas. O sapo novo-rico, boêmio e louco por automóveis novos, e que se mete em mil confusões para satisfazer a essa paixão (indo até parar na cadeia por isso e tendo que fugir vestido de mulher), é um dos grandes preferidos das crianças em todos os lugares onde o livro é bem conhecido. No desenho animado de Walt Disney sobre essa história, esse ritmo acelerado rende muito bem, e as diferentes características dos quatro amigos são muito bem exploradas. Em Londres, a Royal Shakespeare Company fez há poucos anos uma belíssima montagem teatral baseada no livro, que fez muito sucesso e ficou um bom tempo em cartaz. No Brasil, como a tradução só foi publicada muito recentemente — a obra de Kenneth Grahame, com sua mistura de sátira social e fantasia idílica, passou despercebida até agora. Mas é um belo clássico infantil, que apaixona os leitores.

Os animais na obra de Beatrix Potter são bem diferentes. Não são humanizados, embora vistam roupas. Mas comportam-se o tempo todo como os bichos que realmente são: a raposa quer comer a pata, o esquilo esquece onde enterrou as nozes para o inverno, o sapo que vai pescar quase é comido por um peixe grande, o coelho invade uma horta para roubar cenoura e por pouco não leva uma surra ou é apanhado para ir para a panela. O que encanta é justamente a ironia divertida que perpassa as histórias, obtida com esse contraste entre as encantadoras aquarelas da autora que pontuam quase cada frase (em livrinhos pequenos que cabem nas mãos infantis) e a absoluta recusa de qualquer sentimentalismo. Os vários livros da coleção, escritos a partir da observação de bichos de verdade, que se transformavam em personagens (que a autora desenvolvia em cartas para distrair o filho de uma governanta), acabaram virando uma instituição nacional na Inglaterra e no mundo de língua inglesa. Foram filmados, adaptados para cinema, vídeo e uma bela encenação dançada pelo Royal Ballet. Multiplicaram-se em todo tipo de objeto para o mercado infantil: roupas, bichos de pelúcia, louça, decoração de quarto de criança.

Mas sua incorporação pela máquina do consumo não deve nos fazer esquecer que Beatrix Potter é uma das vozes mais originais da literatura infantil, tendo realizado uma ruptura revolucionária ao tratar seus leitores sem condescendência nem qualquer vestígio de tatibitate ou concessão ao meloso. Logo na segunda página do primeiro livro (*As Aventuras de Pedro, o Coelho*, 1902), ela faz uma piada sobre a morte.

Conseguiu uma coisa dificílima e raramente tentada, talvez jamais igualada — foi capaz de usar ironia fina e deliciosa, ao alcance de crianças muito pequenas. Se Harold Bloom tem razão e "a perda da ironia é a morte da leitura e do que nossas naturezas têm de civilizado", se a ironia potencial de um texto é uma das marcas inseparáveis da literatura, então Beatrix Potter tem que ser olhada com muito respeito. Não pinta seus personagens como modelos de comportamento, não evita mostrar como eles sofrem com a solidão, são pouco inteligentes ou sentem medo. Seu humor é seco e sutil, construindo a recuperação do irônico numa linguagem direta e exemplar, de rara economia. As histórias podem ser principalmente pequenas comédias ou dramas domésticos, mas às vezes também descambam para situações mais sinistras — que o escritor Graham Greene, comparando a autora ao famoso romancista E. M. Forster, chamou de "grandes quase-tragédias", elogiando-a por seu "realismo seletivo". Coisa de quem levava criança a sério e fazia questão de só dar aos pequenos leitores o que havia de melhor — em palavras ou ilustrações. Uma admirável raridade.

Outra inesquecível história com animais que seguiu esse mesmo roteiro de sucesso é *Winnie Puff* ou *As Aventuras do Ursinho Puff* (1926), de A. A. Milne. Também nesse caso, são animais muito diferentes. Nem são antropomorfizados como na obra de Grahame nem são vistos com realismo irônico como na de Beatrix Potter. A rigor, nem são animais mesmo, são os bichinhos de pelúcia com que costumava brincar o filho do autor, Christopher Robin, que também é personagem. E aí talvez esteja um dos grandes trunfos para o êxito da série: é uma fantasia doméstica muitíssimo bem-feita.

Milne cria um mundo seguro e aconchegante, o Bosque dos Cem Acres. Nele agem os personagens de outro mundo igualmente protegido, os brinquedos, entre os quais se destaca uma figura claramente infantil que é o ursinho Puff. Como segurança extra, o tempo todo se tem a garantia de que sempre poderá haver uma intervenção protetora e controladora de um grande sábio — Christopher Robin. Mas como este é um menino, o dono dos brinquedos, os leitores podem se identificar perfeitamente com ele, da mesma forma que se identificam com Puff. Esse é um grande achado que permite uma dinâmica muito original em toda a construção do texto.

Além disso, o tom narrativo incorpora a segunda pessoa de forma muito clara, alternando-a com a terceira, o que acentua a elaboração de um coloquialismo que funciona muito bem, já que a todo momento o narrador se dirige ao leitor como a um ouvinte (um *você* que ouve a história do que acontece com *eles*, mas também toma parte nesses acontecimentos). Mas também, eventualmente, fica claro que esse ouvinte por vezes não é o leitor, mas é o próprio menino-personagem. Esse recurso permite expandir a dualidade fundamental do livro, que é o contraste entre o mundo de crianças e o de adultos. Dois grupos de personagens contribuem para que esse conflito seja apresentado em muitas variantes e nuances, já que para o pequeno leitor o mundo dos grandes parece ser incompreensível, cheio de regras pouco racionais e às vezes melancólico (Coelho, Coruja e Oió exemplificam perfeitamente esses aspectos), enquanto as diferentes crianças (representadas por Puff, Porquete/Leitão, Tigre e Ru) querem apenas se divertir, explorar o mundo, comer gostosuras, brincar com os amigos. Como tudo isso se dá num mundo (o de brinquedos) dentro de outro (o da infância) dentro de ainda outro (o ambiente doméstico) e todos são carregados de afeto, há uma flutuação muito interessante entre eles, mas jamais se perde o encanto que rapidamente transformou *Winnie Puff* num clássico. Um malabarismo que joga com possibilidades diferentes de identificação e situação leitora.

Para isso, foi fundamental outra coisa: a linguagem. Poucos autores, ao se dirigirem diretamente à criança, se permitiram com tal intensidade a liberdade de explorar e brincar com as palavras. Mas Milne não a trabalha da forma lógica e conceitual que consagrara Lewis Carroll, o grande mestre, ao dar seu exemplo de *nonsense* e absurdo. O autor de Puff envereda pelos caminhos do trocadilho e do verso leve, pelos contrastes no manejo infantil e adulto da língua, pela exposição direta das virtualidades ambíguas que latejam no repertório e no código da língua e que ele traz à luz ao fazer com que se manifestem no emprego oral e no confronto de registros linguísticos diferentes. O resultado é irresistível. No Brasil temos a sorte de contar agora com uma admirável tradução de Monica Stahel, capaz de nos trazer esse universo ao qual por tanto tempo não tivemos acesso direto, e nos confirmar que *Winnie Puff* e *Winnie Puff Constrói uma Casa* são dois livros que vão muito além de meras historinhas ingênuas ou das imagens fofinhas de E. H. Shepard recriadas por Walt Disney. Verdadeiras obras-primas, absolutamente fascinantes.

Há outros três clássicos que também nascem nesse período e confirmam a fundamental importância dessas décadas para o encontro entre as crianças e a literatura. Na Itália, na Inglaterra, no Brasil, as histórias infantis se libertavam da pedagogia estreita que fizera a festa de fábulas moralistas, de noveletas passadas em escola exaltando o bom comportamento, de textos que ameaçavam para ensinar (como o alemão *João Felpudo*). E surgem maravilhas como as obras de Collodi, Barrie e Lobato.

As Aventuras de Pinóquio, de Carlo Collodi, é de 1883. Todo mundo conhece a versão, muito graciosa mas inteiramente deturpada, que Disney deu para este que é o mais traduzido de todos os livros infantis e pode ser encontrado em mais de 200 idiomas. Vale a pena ir ao texto integral — dentre nós, em boas traduções que vão desde a pioneira, feita por Monteiro Lobato, à mais recente, feita por Marina Colasanti. Conta uma história eterna, de menino de rua às voltas com tentações e más companhias, querendo encontrar seu lugar no mundo. Uma história que poderia ter sido ouvida com gosto nas ruas de Roma antiga, como já assinalou um crítico, que a chamou de "épica comédia de erros", com sua celebração da vida. Tem personagens que vêm das mais diversas tradições narrativas — das fábulas de animais, do teatro (de bonecos ou da *commedia dell'arte*), das vidas de santos, da Bíblia, das histórias de fadas, da vida real. E, a rigor, o protagonista nem ao menos deveria ter vida própria, já que não é de carne e osso, mas apenas um boneco de madeira, magicamente se movendo sem cordões num mundo de viventes. Essa fantasia que irrompe no cotidiano e que convive perfeitamente com o real é uma das marcas que permite aos clássicos dessa época fundar a literatura infantil e lançar as sementes que irão consolidar todo o fértil desenvolvimento do gênero, que virá em seguida.

Dos riquíssimos aspectos que *Pinóquio* nos oferece, alguns são especialmente fecundos. O contraste entre a brincadeira e o dever — ou entre o princípio de prazer e o de realidade — é um dos mais evidentes. Afinal, ele é um boneco, um brinquedo do qual só se espera que contrarie sua natureza: não brinque, não se distraia, não se divirta, mas vá à escola, cumpra o dever e trabalhe. Daí surgem interpretações religiosas, por parte de vários críticos que acompanham o trajeto do personagem enfrentando as tentações, como um Parsifal de madeira, e tendo até que passar uma temporada no inferno da barriga do monstro, em busca da construção de sua alma.[1] Não falta mesmo a identificação da Fada, a bela menina de cabelos azuis, com outra grande figura feminina protetora, a Virgem Maria, a Madonna tão presente na vida italiana. Mas, nesse trajeto do boneco em busca de se tornar um menino de verdade, creio ser mais importante destacar a razão de sua construção moral. Ele não se supera porque esteja procurando o bem, em busca de um remoto princípio abstrato, mas porque concretamente sente amor pelos outros. Sente remorso por ter feito a fada/menina/irmãzinha morrer de abandono (quer até arrancar os cabelos de dor, mas eles são de madeira e nem ao menos permitem "a satisfação de enfiar os dedos pelo meio deles"). Dispõe-se ao grande sacrifício de oferecer sua vida porque gosta muito de Gepetto. Essa passagem do egoísmo infantil de se achar o centro do mundo para o altruísmo necessário a um comportamento ético adulto é que marca a grandeza do crescimento e da busca da natureza humana de Pinóquio. Mas o que cativa o leitor é a ação rápida em que se sucedem seus encontros com as ilusões da vida divertida, o tom cômico que perpassa o relato, o ritmo narrativo ligeiro em que ocorre cada transação emocional, a presença sempre latente do sofrimento possível do boneco mostrando que naquele corpinho de madeira há possibilidades afetivas profundas. Poderíamos falar nele como de um ator, no teatro que tanto o atraía, e elogiar a leveza graciosa de sua *performance* que, apesar disso, revela a densidade da construção do personagem.

Leveza e densidade também dançam um estranho balé em *Peter Pan* (1911, a partir de uma versão embrionária de 1902 e outra de 1906), a obra-prima do escocês James M. Barrie. É ao mesmo tempo leve e densa por vários motivos: pela sua atmosfera de encantamento feérico, pela ambiguidade saudosa da maneira como recria a infância com olhar infantil e ponto de vista adulto, e até mesmo pela força visual de uma de suas imagens dominantes — a capacidade de voar —, só tornada possível pelo desejo muito fundo, de mistura com a memória muito intensa de bons momentos. Memória e desejo impulsionam essa narrativa cheia de ação e humor, mas que também é um dos maiores exemplos de transfiguração de sofrimento já postos ao alcance das crianças.

Originalmente era uma peça teatral que servia de base a uma pantomima — uma forma tradicional de espetáculo para as famílias, que se apresenta na Inglaterra na época de Natal e que parte de um argumento básico para admitir improvisações por parte dos atores. Como a história fez muito sucesso, o autor foi tratando de fixá-la com a escrita, cada vez mais — como um roteiro, como um capítulo de um livro para adultos, como livro infantil em sucessivas versões.

Algumas leituras superficiais têm interpretado *Peter Pan* como a história do menino que não queria crescer e que escolhe a eterna infância como uma espécie de refúgio irresponsável num espaço encantado, para sempre feliz e despreocupado, longe das inquietações do mundo dos adultos. De certo modo, um símbolo do egoísmo infantil e da imaturidade masculina. Nada mais longe daquilo que o texto integral nos revela — e pode ser conferido em português em uma tradução minha ou outra de Hildegard Feist.

Peter Pan é o menino que *não consegue* crescer e, num lugar sem tempo, A Terra do Nunca, entre meninos abandonados e perdidos (que uma bela montagem teatral de Sura Berditchevsky no Rio reveladoramente caracterizou como meninos de rua), tenta enfrentar o doloroso desafio de sobreviver sem memória, apenas entre as brincadeiras leves e repetidas de quem se esquece de tudo e só recorda o que está muito próximo.

Como as grandes obras que se construíram na mesma época no campo da literatura adulta — a de James Joyce (*Ulisses*) que vai fundo num único dia, tentando explorar tudo o que ele pode trazer, e a de Marcel Proust (*Em Busca do Tempo Perdido*) que mergulha na (im)possibilidade de recriação do tempo por meio da lembrança e da narrativa —, James Barrie introduz na literatura para crianças uma história impregnada de tempo e memória, esses temas que assombrariam o século XX, da ciência (com a teoria da relatividade de Einstein trazendo novos conceitos de espaço/tempo) às artes plásticas (de Salvador Dalí e sua *Persistência da Memória* às efêmeras instalações pós-pop).

O livro é fortemente influenciado por episódios da própria vida do autor. Do imenso cachorro São Bernardo da mulher de Barrie à sua mãe que contava histórias para se consolar da dor de um filho perdido, "o menino que não cresceu". Da sua baixa estatura que o incomodava, fazendo-o achar que não crescera, à casinha onde se escondia para brincar, passando ainda por várias tragédias ocorridas com a família de seus maiores amigos, e que o levaram a se tornar guardião de cinco crianças — dos quais dois meninos morreram também tragicamente. Assim, o livro trata de questões dolorosas: a rejeição, o abandono, a orfandade, a proximidade da morte (logo no início há uma alusão velada à eventual possibilidade de que a mãe de Wendy fizesse um aborto ou não ficasse com os filhos). Mas a maneira de enfrentar tudo isso e sair vitorioso é uma irônica fé na vida e na esperança, por meio de uma reafirmação da importância da memória e do legado literário vindo através dos séculos.

A obra de Barrie é povoada de ecos de sua leitura dos clássicos e de ressonâncias do grande acervo cultural constituído pelas narrativas literárias. Tem elementos da mitologia grega (como as sereias e o próprio deus Pan), das histórias de piratas e ilhas tropicais, das aventuras românticas cultuando a liberdade e a natureza (e apresentando os peles-vermelhas como amigos e companheiros de jogos), das histórias de feras selvagens nas florestas e de lobos em alcateias, dos relatos realistas sobre crianças abandonadas, dos contos de fadas e encantamentos. Mas tem, sobretudo, a celebração da memória e do ato de contar histórias como a chave da salvação humana.

Peter costuma ficar do lado de fora da janela dos Darling, toda noite, tomando carona nas histórias que a mãe conta para os filhos. Depois leva Wendy com ele para ser a mãezinha de todos na Terra do Nunca e exercer esse papel de contadora. Lá, em meio a tantas aventuras, vai ficando evidente que ele não consegue lembrar nem mesmo de coisas recentes, forçado a viver no suplício inconsciente da eterna repetição. Quando a perda da memória começa a ameaçar seus irmãos, Wendy percebe que tem de lhes contar a história deles mesmos e de seu passado, fazê-los recordar (re-cordar, trazer de novo ao coração), para que possam sobreviver e não sejam condenados a viver apenas na eterna novidade, uma atrás da outra, num interminável presente.

Essa é a questão fundamental que *Peter Pan* coloca em discussão. É isso que faz com que seja um dos livros mais atuais que as crianças podem ter à sua disposição hoje, neste tempo de modismos sucessivos, celebridades instantâneas e esquecimentos profundos. Essa tragédia do esquecimento só não fica insuportável no livro devido à leveza com que o autor consegue tratar um tema de tamanha densidade, graças à ambientação maravilhosa e encantadora que cria, ao ritmo das aventuras que inventa, ao humor irônico que faz toda a leitura ser acompanhada de um sorriso divertido. Esses ingredientes desencontrados se misturam com tanta força que, além de seduzir as crianças e desviá-las do choque com a dor, o livro acaba distraindo os leitores menos atentos ou mais bloqueados emocionalmente, impedindo que certas cicatrizes sejam abertas. Mas é só ler com atenção e ver: está tudo lá. E, com toda sua leveza e magia, não é apenas uma bolha leve que se desmanche sem deixar vestígios.

Não é de admirar que Monteiro Lobato tenha trazido *Peter Pan* para sua obra, incorporando o personagem à turma do Sítio do Picapau Amarelo. Nem surpreende que o mesmo Lobato tenha traduzido *Alice* e *Pinóquio* para o português (o que também fez com a obra de Kipling, de Mark Twain, de Andersen, de Grimm e de tantos outros). Os pontos de contato do brasileiro com todos esses mestres da literatura infantil universal vão muito além do simples fato de estarem no mesmo patamar de qualidade. Também na obra de Lobato o tamanho dos personagens (humanos, brinquedos ou fantásticos) é mutável, o real e o imaginário convivem com naturalidade, as aventuras divertidas têm um sentido profundo, a fé na inteligência da criança é reafirmada por um texto denso e carregado de uma bagagem literária opulenta.

Se ele não tivesse vivido e escrito no gueto da língua portuguesa, que impediu que outros leitores tivessem amplo acesso a seu universo, com toda certeza sua obra teria conquistado uma popularidade acima de fronteiras e provavelmente teria inspirado desenhos animados de longa-metragem como os de Disney, filmes, peças, montagens teatrais. Traduzido apenas para o espanhol (e, recentemente, em tiragem limitada, para o italiano), ficou conhecido por toda a América

Latina e garantiu seu lugar nos compêndios de história da literatura infantil publicados em castelhano, lado a lado com todos esses outros clássicos. Deve ser motivo de orgulho para todos os brasileiros, que deveriam ter total intimidade com sua obra. Seus livros deveriam ser leitura obrigatória para todo e qualquer aspirante a professor (de qualquer matéria) que desejasse se formar no país para dar aula no primeiro ou segundo grau.

Ganhei *Reinações de Narizinho* quando fiz cinco anos e, desde então, nunca deixei de me deliciar com esse universo. Depois, também tratei de ler Monteiro Lobato para meus filhos desde que eram bem pequenos, e eles sempre o adoraram. Mais recentemente, percebi que ao se repetir o mesmo processo com meus netos, havia algumas dificuldades totalmente inesperadas, que precisamos contornar para que o potencial encanto se transformasse na paixão irresistível. Surpreendentemente, as dificuldades não estavam no vocabulário nem na sintaxe, em nenhum aspecto linguístico — isso pode ser vencido com a mesma tranquilidade que Dona Benta empregava ao "traduzir" os clássicos e as ciências para os netos. Mas as dificuldades estavam nas alusões a um universo cultural que as crianças de hoje já não compartilham. Precisei explicar o que era Carochinha, contar a história do Pequeno Polegar. Só então foi possível seguir adiante de modo fluente, para o absoluto deleite das crianças. Então me dei conta da enormidade do risco que corremos — em pouco tempo poderemos ter o pesadelo de gerações que não conseguem entender a literatura atual porque não conhecem os clássicos que a precederam.

Toda literatura sempre se fez em cima de um diálogo com as obras anteriores, de um contágio daquela escrita com os livros lidos pelo autor. Sem esse permanente intercâmbio, não se escreve. Hoje se reconhece isso de forma muito aberta e se fala em intertextualidade. Mas mesmo antes que surgisse esse nome, os textos sempre trocaram referências entre si, conversaram uns com os outros nas leituras de cada indivíduo que se aproximou deles, de cada autor que os criou.

O próprio Monteiro Lobato é uma comprovação evidentíssima desse fenômeno. Como fino exemplo da antropofagia cultural que os modernistas da Semana de 1922 pregavam e ele conscientemente combateu, o criador do Sítio do Picapau Amarelo nunca hesitou em traçar e deglutir tudo o que lhe ocorresse, originário das criações alheias, para alimentar a sua própria, viesse de onde viesse. Incorporou em sua obra infantil, como personagens, Dom Quixote e Peter Pan, monstros e heróis gregos, Alice e personagens dos contos de fadas, anjos e santos, animais do circo e brinquedinhos populares, gente que saía nos jornais da época como executivos e líderes políticos. Além disso, não deixou de fazer uma infinidade de alusões a manifestações culturais de todos os tempos. Inclusive à cultura de massa, trazendo o cinema e o desenho animado para dentro de seu universo, com Tom Mix, Shirley Temple, o Gato Felix, Popeye, Walt Disney. Com a maior sem-cerimônia, pegou o pó-das-fadas que Barrie inventou para fazer Peter Pan voar, batizou-o com o som da fada Sininho e criou o pó-de-pirlimpimpim, mudando apenas o modo de usar. Aproveitou outro achado genial de Barrie, o “de-mentirinha”, e desenvolveu o recurso do faz-de-conta para resolver as grandes dificuldades intransponíveis que de vez em quando ameaçassem emperrar a história. Inspirou-se na popularíssima e sem-graça boneca de trapo norte-americana “Raggedy Ann” (por sua vez, provavelmente inspirada no maltrapilho inglês “Raggedy Dick”), e a metamorfoseou por completo na boneca Emília, a mais fascinante personagem da literatura infantil brasileira, com sua irreverência demolidora, sua ética exigente e rigorosa, sua independência indomável.

Dessa época de ouro dos clássicos infantis, poderíamos ainda lembrar vários outros livros, mas ficaremos apenas nesses autores mais significativos. De qualquer forma, vale a pena indicar alguns outros cuja obra se estende por esse período e continua sendo muito interessante até hoje. *Beleza Negra* (1877), da inglesa Anna Sewell, conta *a autobiografia de um cavalo, traduzida do original eqüino.* Nascido do outro lado do Atlântico, *O Mágico de Oz* (1900), do americano L. Frank Baum fez muito sucesso em sua adaptação para o cinema. Muito interessante é a obra de Edith Nesbit, escritora anticonvencional, feminista e socialista, que, a partir de *Caçadores de Tesouros* (1898), criou uma série de livros popularíssimos que inauguraram o subgênero de aventuras de uma turma urbana de garotos, os Bastables. Mas infelizmente apenas um de seus livros é traduzido entre nós, *Os Meninos e o Trem de Ferro* (1905) — mas não é com histórias da turma que conquistara as crianças inglesas. Outra mulher rebelde, já um pouco mais tarde, a sueca Astrid Lindgren, ajudaria a consagrar com *Pippi Meia-longa* (1941) uma nova maneira de ver a infância, divertida e de grande vitalidade.

Notas

[1] John Goldthwaithe, *The Natural History of Make-Beleive,* Oxford University Press, 1996.

CAPÍTULO 12

NAVEGAR É IMPRECISO

Durante o governo militar, o deputado Ulisses Guimarães foi um dos políticos que mais se destacaram na resistência democrática dentro do Congresso. Houve um momento em que iria haver mais uma "eleição presidencial" de cartas marcadas, indireta, sem voto popular, e sem qualquer possibilidade de que a oposição tivesse a mínima chance de ganhar. Mas ele teve a ideia de se lançar como anticandidato, o que lhe dava a oportunidade de percorrer todo o país, fingindo que estava fazendo campanha eleitoral para a presidência. Na verdade, aproveitava para criticar o governo. Não foi eleito presidente, claro, mas seus discursos conseguiram ajudar a eleger para o Congresso a maior bancada de oposição que já se vira. Durante a campanha, quando lhe perguntaram qual era o sentido daquilo tudo, por que se esforçava tanto, sem ter qualquer chance de ganhar, o velho político respondeu, citando um clássico: "Navegar é preciso, viver não é preciso."

Em sua geração é possível que tivesse aprendido a frase em latim na escola, estudando Virgílio e Horácio. Mas, na mesma época, quando o compositor Caetano Veloso, de outra geração, também citou os mesmos versos dentro da letra de uma música, *Os Argonautas* (título que lembra uma história grega clássica), tudo indica que se referia a outro autor. Como se tratava de um fado, é mais provável que a homenagem de Caetano fosse ao poeta português Fernando Pessoa, que também incorporou a um poema seu os versos latinos traduzidos. Nessa cadeia de citações que se fecundam mutuamente, ao ser trazida para nossa língua, a frase latina ganha um sentido novo além do que já tinha. Navegar é preciso, sim, no sentido de necessário, como afirmava o original. Mas é também um ato de precisão — enquanto, por outro lado, a vida é imprecisa, desordenada, inexata.

Navegar pelos clássicos da literatura é preciso, mas é impreciso. É necessário, mas é inexato. Não tem um rumo prefixado e definido, mas se faz à deriva, ao sabor das ondas e ventos, entregue à correnteza, numa sucessão de tempestades, calmarias e desvios. Um livro leva a outro, uma leitura é abandonada por outra, uma descoberta provoca uma releitura. Não há ordem cronológica. A leitura que fazemos de um livro escrito há séculos pode ser influenciada pela lembrança nossa de um texto atual que lemos antes. Ora lemos mais de um livro ao mesmo tempo (e eles inevitavelmente se contaminam nesse momento), ora somos obsessivamente possuídos por um único texto que não conseguimos largar, ora passamos um tempo sem ler, apenas remoendo o que foi lido antes.

Ao escolher a navegação como metáfora para a leitura dessas obras, pensei em tudo isso. Lembrei também outro uso que damos atualmente a essa palavra, quando falamos em navegar pela Internet. Acho muito interessante pensar na literatura como algo parecido a uma grande rede universal, unindo os mais distantes pontos, conectados por contiguidade, substituíveis uns aos outros. São inúmeros caminhos que vão se oferecendo sem limite, um mundo infinitamente aberto para todas as possibilidades, sem fronteiras.

Ao examinar um pouco esse universo dos clássicos que podem ser oferecidos à disposição das crianças e dos jovens, dos leitores iniciantes em geral, procurei manter essa atitude. Vamos navegar. Isto aqui é só um convite acompanhado de um mapa. Não é uma fórmula, nem uma receita, nem um programa curricular. Não se espera que ninguém saia lendo todos esses livros, um atrás do outro. Eles nem mesmo estão em ordem cronológica. Fiz questão de ir e vir no tempo, de saltar das utopias renascentistas para a ficção científica, de agrupá-los mais por famílias e afinidades do que por faixas de idade. Até mesmo porque não acredito nisso.

Vários livros e autores ficaram de fora, inclusive alguns que são de minha especial predileção. Mas procurei me limitar aos clássicos que podem ser encontrados entre nós, que foram traduzidos para o português. E que podem estar ao alcance infantil ou juvenil — ou porque já se destinavam aos jovens desde a origem, ou porque podem ser lidos (e bem aproveitados) em boas condensações. Fiquei surpresa. Eu mesma não esperava que houvesse tantos em versões adaptadas de boa qualidade, à disposição de nossos jovens leitores.

Nenhuma lista de livros fundamentais, porém, vale coisa alguma se não for acompanhada por uma discussão honesta sobre o chamado cânone literário. Ou seja, a própria listagem. Por que esses títulos e não outros? Por que considerar que justamente esses livros são essenciais e não levar em conta tantas outras obras? Por que tantos autores homens? Tantos brancos? Tantos europeus? Por que sempre esses? Por que não fazer outra lista, um cânone alternativo? Por exemplo, uma lista que só admitisse mulheres, não brancas ou autores não europeus... Afinal, esses nunca têm uma chance de serem conhecidos.

Justíssimo. Adoraria ver uma lista dessas e poder conhecer. Procuro ler seus possíveis componentes sempre que tenho oportunidade. Mas não foi essa minha escolha, por algumas razões seguramente muito simples, provavelmente algo bobas e insatisfatórias.

A primeira é que eu não conheço o suficiente para propor esses nomes. A segunda é um princípio ético básico: não fazer aos outros o que não gostaria que me fizessem. E sei que me sentiria roubada de algo fundamental se não tivesse lido Homero, Cervantes, Shakespeare. Não sei quem se poderia propor para o lugar deles, não consigo me imaginar sem Ulisses, Dom Quixote, Hamlet. Se não quero essa pobreza para mim, não vou me meter a fazer experimentação com os jovens.

De certo modo, tive também de fazer uma escolha, que coubesse dentro de um número de páginas razoável. O tempo todo, tive de me debater no dilema que Cecília Meireles, esta grande clássica de nossa poesia, tão bem resumiu em "Ou isto ou aquilo":

Ou se tem chuva e não se tem sol,
ou se tem sol e não se tem chuva!

Ou se calça a luva e não se põe o anel,
ou se põe o anel e não se calça a luva!

Reconheço todos os limites de um cânone e reconheço muita pertinência nas objeções políticas que se fazem a uma lista dessas. Mas, ao mesmo tempo, embora respeitando todas essas ressalvas, não consigo deixar de ver no cânone também uma extensão da alfabetização — e essa é outra razão para a minha escolha. Do mesmo jeito que a gente tem de saber ler para não ficar à margem da civilização, tem de conhecer minimamente o cânone. Sei que esta minha posição é polêmica em tempos politicamente corretos, e respeito sinceramente muitos que a refutam. Uma parte de mim também não se sente nada à vontade diante dessas escolhas tradicionais. Mas não posso mudar o que já passou. E não creio que a forma de mudar o que ainda vem por aí seja ignorando o que se construiu antes.

Talvez eu seja excessivamente otimista, mas acho que a solução desse impasse virá de duas coisas.

Por um lado, creio que um número maior de pessoas lendo, com origens e histórias diversas, irão estabelecer sua própria rede de preferências e influir nos outros. Talvez esse cânone masculino e eurocêntrico reflita apenas o fato de que até hoje houve mais leitores brancos, homens e europeus. Aos poucos, à medida que se multiplicam, novos leitores com certeza irão incorporar novos títulos e autores. Não apenas por suas opções diferenciadas, mas também por sua própria escrita, criando obras com uma visão totalmente diferente da dominante. Nunca houve tanta gente alfabetizada no mundo — tanto em números absolutos como em termos percentuais. Isso terá que se refletir no cânone, como começa a se tornar visível nos catálogos das editoras, nas listas de mais vendidos, nas distribuições de prêmios. Autores latino-americanos, indianos, paquistaneses, japoneses, árabes e de tantas outras nacionalidades são hoje encontrados em nossas livrarias numa proporção antes inimaginável. E a expansão das mulheres escritoras no século XX foi outro fenômeno notável, além do aparecimento de autores vindos de classes sociais que antes não tinham acesso à educação. Fatalmente, um novo cânone irá incorporar essa contribuição.

Por outro lado, espero que essa maior quantidade de leitores, começando desde cedo, possa também se fazer acompanhar por uma melhor qualidade de leitura — a leitura crítica. Com mais gente lendo mais e melhor, podendo comparar, argumentar, refutar, é bem possível que alguns títulos e autores passem também a ser menos valorizados, abrindo espaço no cânone. As substituições virão naturalmente, pela prática leitora crescente de novas camadas da população alfabetizada. Da mesma forma que não creio que uma listagem velha deva ser imposta de cima para baixo, não creio que alguém individualmente tenha o direito de determinar um índice de proibições ou um novo cânone. Algumas experiências totalitárias já tentaram isso e os resultados foram desastrosos. O que se pode, sim, e se deve, é discutir sempre tudo isso, opinar, criticar e apresentar alternativas. Da soma de muitas manifestações, algo novo surgirá. Posso juntar minha voz a essas, apenas mais uma. Mas não era esse meu propósito aqui.

Alguns dos títulos que escolhi podem parecer difíceis demais para as crianças. Talvez, mas só para algumas. Essas podem escolher outros. Não há dois leitores iguais. Mais ainda: não há duas crianças iguais. Uma das maravilhas da leitura é dar a cada um seu espaço individual. Em qualquer idade.

Outras escolhas, ao contrário, podem parecer fáceis demais, talvez bobas. Doce engano. Simplicidade não é superficialidade. Se a camada de cima de alguns desses títulos sugeridos pode parecer tão cristalina que dê a impressão de águas rasas, preste atenção. Lá embaixo pode haver refúgios e tocas, redemoinhos e abismos. Se incluí típicos clássicos infanto-juvenis entre versões condensadas de tradicionais "monstros sagrados" para adultos é porque realmente não vejo incompatibilidade entre eles. Também poderão ser relidos com proveito mais tarde. Concordo bastante com a definição de C. S. Lewis, que afirma que clássico infanto-juvenil é aquele cuja primeira leitura pode ser feita na infância.

Para qualquer idade, estes livros de que conversamos nestas páginas terão alguma coisa a dizer. Alguns deles, além disso (e serão necessariamente diferentes para cada leitor), irão mais além. Terão o efeito de um relâmpago, subitamente iluminando tudo. Farão o leitor terminar a última página transformado. Para sempre diferente do que era quando começou a primeira. Difícil medir como e quanto. É uma navegação imprecisa. Mas uma experiência inigualável. Boa viagem.

Índice de Autores Citados

Índice de Obras Citadas

Impressão e Acabamento:
Geográfica editora